피노키오

THE
GIRL
CLASSIC

환상 컬렉션

피노키오

카를로 콜로디

✦

오즈의 마법사

라이먼 프랭크 바움

✦

피터 팬

제임스 매슈 배리

피노키오

카를로 콜로디 지음
김지우 옮김

윌북

일러두기

이 책은 *Le avventure di Pinocchio*(Arnoldo Mondadori, 1984)를 바탕으로 번역했습니다.
본문의 그림은 초판(1883)에 실린 엔리코 마찬티Enrico Mazzanti의 작품입니다.

Le avventure di Pinocchio by Carlo Collodi

여는 글

✦

우리는 여전히 그곳에 갈 수 있다

초등학교에 다니던 때다. 당시 살던 아파트에는 동마다 쓰레기장이 붙어 있었다. 각 세대에서 배출한 쓰레기가 라인을 타고 그곳으로 떨어졌다. 두 짝짜리 검은 문은 늘 닫혀 있었다. 45도 각도로 비스듬히 누워서.

아마 비스듬히 누워 있었기 때문일 것이다. 다른 데서는 그런 문을 본 적이 없었다. 별나게 생긴 문이란 특별한 곳으로 통하기 마련이다. 신나는 이야기책이라면 모름지기 항상 그렇다. 나는 비밀을 꿰뚫어봤다고 생각하며 혼자 궁리해보았다. 혹시 저 문 안쪽의 쓰레기를 헤치고 넘어가면 다른 세계로 통하는 게 아닐까?

그때까지 나니아에 대해 읽어본 적이 없었는데도 그런 훌륭한 판단을 해냈지만 진실을 아는 것과 실천하는 것은 다른 문제였다. 문은 쓰레기 수거차가 올 때면 가끔 열렸지만 어김없이 연탄재며 배추 쓰레기 같은 것들이 가득 차 있었다. 그것들을 헤치고 감히 안쪽으로 들어가볼 용기는 나지 않았다. 털외투 같은 것이었다면 나도 겁나지 않았을 텐데. 왜 어떤 애들에게는 지나치게 어려운 시련이 주어지는 거지?

어느 해에는 아이들 사이에 파란 카드가 유행했다. 누가 처음 가져왔는지 모르겠지만 어느새 여러 아이들이 수십 장씩 갖고 있었다. 지금 생각해도 무슨 용도였는지 모를, 인쇄 파지 귀퉁이를 일괄 썰어낸 것처럼 생긴 그 카드는 인기의 상징이 되어 교실 안 한정으로 돈다발 같은 위력을 발휘했다. 카드가 없는 아이들은 그거 한 장을 얻어보고 싶어서 우쭐대는 카드 부자 곁을 기웃거렸다. 나와 친구는 그런 꼴이 불만스러웠다. 그리고 근본적 의문을 품었다. 저 애들은 어떻게 저걸 한 뭉치씩 들고 올까? 어딘가에 더 많은 카드가 쌓여 있는 게 틀림없어. 카드를 독점하고 싶은 애들이 위치를 말해주지 않는다면 직접 찾아내는 수밖에.

파란 카드가 듬뿍 쌓인 비밀 장소를 발견해 두 손 가득 쥐고 나오는 상상에 빠져든 우리는 제 나름 합리적으로 장소를 추론해보았다. 그 무렵 아파트 상가의 위층에는 간판도 없는 공장이나 빈 사무실이 많았다. 그런 곳들 중 어딘가가 아닐까? 우리는 모험을 떠나기로 결의하고 학교가 끝난 뒤에 상가 앞에서 만났다. 카드를 담아 올 가방도 야무지게 챙졌다. 가다 보면 노란 벽돌길이 금방 나타날 거야.

하지만 어떤 곳은 문이 잠겨 있어서, 어떤 곳은 너무 사람이 많아서, 어떤 곳은 뭐 하러 왔느냐고 호통치는 어른들이 있어서, 우리의 모험은 실패로 돌아갔다. 친구 집에 가서 뻥튀기를 먹으며 회의를 해봤지만 어쩐지 기가 꺾인 우리의 입에서는 내일 또 찾으러 가보자는 말이 쉽사리 나오지 않았다. 잠겨 있어서 못 들여다봤던 어느 문 안쪽에 카드가 쌓여 있는 광경이 아른거렸지만 언제 열릴지 어떻게 안담? 소설 속의 아이들은 이럴 때 우리처럼 포기하지 않는다는 생각이 떠올랐지만 현실의 어린이는 꽤 바쁘다. 해는 저물고 있었고 더 늦기 전에 집에 가서 숙제도 해야 될 것 같았다.

그 시절, 아이들에게 불친절한 어른들이 지키고 있는 살풍경한 상가 3, 4층은 도로시와 친구들이 통과하던 서쪽 마녀의 땅이기도 했고, 비스듬한 검은 문이 닫힌 쓰레기장은 네버랜드 섬으로 가기 위해 거쳐야 할 검푸른 바다이기도 했다. 그 이야기들은 항상 가까이에, 얇은 한 겹 베일 너머에 있다고 느껴졌다. 나는 아마 네버랜드에 다녀올 수도 있을 테고, 노란 벽돌길을 따라가 에메랄드 성에 도착할 수도 있었다. 너무 바쁘지만 않다면 말이다. 지금은 좀 바쁘니까 일단 포기한다. 걱정할 필요는 없다. 진짜 기회는 다른 날 다른 때에 웬디네 집 창문처럼 내 눈앞에 열릴 테니까.

하지만 나이가 들수록 사람들은 점차 그런 확신을 금지당하고, 나도 곧 뛰어들 예정이었던 비밀과 모험을 알레고리로 읽으라는 권유를 받는다. 한때 그토록 강력한 존재감을 가지고 베일 너머에서 빛나던 이야기는 죽은 요정처럼 불빛이 꺼져 책갈피 속에 갇힌다. 판타지에 빠져드는 건 현실 도피가 아니냐는 이야기가 불만스러워 한때는 환상의 실용적 가치를 옹호해보려 애쓴 적도 있었다. 하지만 이제는 슬슬 이런 기분이 든다. 내가 도망가겠다는데 어쩔 거야?

사람에 따라 방식은 다르겠지만 우리는 꽤 자주 도망친다. 내 힘으로 당장 바꿀 수 없는 것들로부터 우아하게 날아올라 도망친다. 모험을 포기하고 숙제를 해야만 하는 아이부터 출근을 앞둔 일요일 오후 4시의 직장인까지. 비장하게 자신을 꾸짖으며 정면으로 부딪치는 방법도 있지만 늘 그러다가는 앞이마가 남아나지 않는다. 그러니 때로는 세 걸음 위로 날아올라 나비처럼 팔랑대며 내려다보는 쪽을 택한다. 인류는 늘 그래왔다. 그런 식으로 제 손으로 어찌할 수 없는 억센 세상을 조금이라도 말랑하게 주물러왔다.

수학 문제집을 풀기 싫은 어린이였을 때, 나는 외계인과 지구의 운명을 놓고 대결을 벌이는 존재가 되었다. 외계인이 하필 나를 찍어서 이 문제를 마저 풀면 지구를 멸망시키려던 계획을 달리 생각해보겠다는데 물러설 순 없는 일이 아니겠는가. 어떤 날은 수학이 발달하지 않은 꼬마 사람들의 나라에서 사절단이 찾아왔다. 그 나라 최고의 학자들조차 수백 년 동안 이 문제를 풀지 못했는데 지구에서는 초등학생도 풀 수 있는 문제다. 지금 그들은 내가 이 어려운 문제를 푸는 모습을 보며 충격에 빠져 있다…….

먹구름을 피해 근사하게 도망쳤지만 우리는 도로시처럼, 그리고 웬디나 피노키오처럼 빙그레 웃으며 집으로 돌아올 것이다. 그들이 떠났다가 돌아왔기에 집을 더 사랑하게 된 것처럼 우리에게도 그런 일이 벌어질 것이다. 집이 지겨워졌다면 또 떠나면 된다. 우리에겐 수천 번이라도 그럴 기회가 있다. 너무 바쁠 때만 빼면.

어린 시절 나를 '세 걸음 위'로 날아오르게 해주었던 이야기들을 오랜만에 다시 읽었다. 흥미롭게도 이 이야기들은 내 기억처럼 보편적이지 않았다. 오늘날 쉽사리 떠올리는 환상 세계의 이미지는 많은 부분 영화에서 왔을 텐데, 그런 영화의 원전이었을 고전 동화들 또한 익숙한 이미지의 재탕이려니 섣불리 예단했다가는 흠칫 놀라게 된다. 원액답게 개성이 넘치고, 각 시대의 특수한 무늬가 새겨지고, 재치 있는 디테일로 가득한 이야기들이다. 뭉근한 단맛이 아닌 칼칼하고 또렷한 맛이다.

피터와 웬디의 섬은 독립된 환상계인 척 등장했다가 금세 현실과의 분리점을 멋대로 깨뜨리며 독자를 슬쩍 놀리고 갈팡질팡 헷갈리게 한다. 달콤하기만 한 게 아니라 씁쓸하기도 하고 때로는 냉담하기도 하다. 천연덕스럽게 건방을 떨고 변덕을 부리지만 너무 매력적이어서 그냥 믿어주고 싶어지는 피터처럼, 어딘가 혼란스러운 이 이야기 속 세계는 이름부터가 네버랜드다. 작가는 이곳이 존재한다고 말하고 싶은 걸까, 존재하지 않는다고 말하고 싶은 걸까?

도로시 일행이 거쳐가는 오즈 세계의 이곳저곳은 연극무대처럼 장면별로 집약적 개성이 부여되어 있어서 오늘날의 게임 필드 디자인과도 비슷한 느낌을 준다. 그만큼 현대적이다. 덕택에 여기저기에 다양한 정체성의 인물들을 흩뿌려놓아도 플레잉 카드들처럼 다채롭게 조화된다. 이 놀랄 만한 확장성을 보면 이 작품이 십수 권의 시리즈로 이어진 것이 우연은 아니었구나 싶다.

흥미진진한 우화들을 모아놓고 주인공의 강한 개성을 실 꿴 바늘처럼 이용해 종횡무진 이어붙인 피노키오의 전개 방식도 대담하기 이를 데 없다. 아무 데나 잘라내어 인용해도 신기할 정도로 짜임새가 있는 에피소드들을 보면 이 이야기가 오래 살아남은 이유를 알 것 같다. 전체적으로 장편이지만 하나하나가 단편인 이 구조는 오늘날 더욱 인기를 끄는 방식이 되었다.

　더구나 인물들은 오늘날의 이야기들이 부끄러워질 만큼 생동감이 넘친다. 당당하고 뻔뻔스러워서 독자의 눈치를 보지 않는다. 요즘 피노키오 같은 주인공을 내세운다면 상당수의 독자들은 그를 응원하기보다 미워할 것이다. 어린 시절의 나조차도 피노키오는 나와 너무 다른 아이라고 생각했다. 아빠가 단벌 외투를 팔아 사 온 책을 인형극을 보기 위해 팔아 버리다니, 난 이렇게 무신경하지 않아.

　하지만 이제 다시 읽어보니 작가는 실제의 아이를 지나칠 정도로 잘 관찰했다. 많은 아이들이 눈앞의 유혹에 빠지면 다른 문제를 잊어버리거나 합리화하고, 유혹이 사라지면 곧 후회한다. 그리고 유혹에 빠졌던 자신을 까맣게 잊는다. 애어른처럼 의젓한 어린이 인물들은 아이한테 짜증 내는 어른이 되고 싶지 않은 독자의 입맛일 뿐, 진짜 아이와는 별로 상관이 없는 존재다.

　빅토리아 시대에 태어난 피터와 웬디는 오늘날의 아이들과 꽤 비슷하지만 또 제법 다르다. 사랑스럽고 멋진가 하면 당혹스럽고 뜻밖이다. 그러나 여전히 아이답다. 현대인의 관점에서 비판적으로 읽히는 지점들도 있지만 동시에 빈티지 찻잔 같은 매력을 품고 있다.

오래전 이미 읽은 동화를 왜 굳이 다시 읽어야 할까? 그러고 싶다면 일차적으로는 그렇기 때문이다. 하지만 막상 다시 읽고 보면 이 이야기가 어린이 독자에게 보여주는 결, 그리고 다시 읽는 성인 독자에게 보여주는 결이 다른 것을 느끼게 된다. 태어나서 처음 먹어보는 요리의 황홀함도 특별하지만, 접시 한구석의 완두콩도 남기지 않는 나이가 되고 나서야 비로소 이해되는 맛도 있기 때문이다.

하지만 내가 한 세계의 시민권만으로 만족할 수 없는 사람으로 자란 근원은 역시 최초의 매혹이었을 것이다.

어느 날 밤, 나는 꿈을 꾸었다. 몰래 집에서 나와 비스듬히 누운 검은 문을 열고 안으로 들어갔다. 그리고 시련을 단번에 통과했다. 갑자기 나는 성처럼 생긴 널찍한 홀에 도착해 있었다. 사방이 찬란하게 밝혀졌고, 작은 구름 같은 것들이 수없이 떠다니고 있었다. 멋지게 차려입은 사람들이 구름을 타고 즐겁게 노닐며 만화에서나 보았던 신기한 간식들을 먹고 있었다.

내가 그 광경을 멍하니 보고 있는데 어떤 아이가 다가오더니 웃으며 내 손을 잡아끌었다. 나는 그 아이의 손을 잡고 자유롭게 하늘을 날아다니며 놀았다. 그 아이의 이름은 굳이 말하지 않아도 누구나 알 것이다.

그 뒤로 자려고 불을 끄고 누우면 바로 밑에 그 아름다운 세계가 펼쳐져 있다는 생각을 했다(우리 집은 1층이었다). 그곳과 나 사이에 고작 한 겹의 콘크리트 바닥만 가로놓여 있다고 생각하자 기분이 좋았다. 언제든지 갈 수 있으니까, 지금 가지 못하더라도 괜찮게 느껴졌다. 그렇다. 우리는 여전히 그곳에 갈 수 있다. 길만 안다면 그리 먼 곳은 아니다.

· 전민희(작가) ·

차례

피노키오

Le avventure di Pinocchio

제1장

목수인 버찌 할아버지가 아이처럼 울고 웃는
나무토막을 발견하게 된 사연.

옛날 옛적에…….

"임금님이 살았어요!" 우리 꼬마 독자들은 곧바로 이렇게 외
칠 것이다. 하지만 아니다. 옛날 옛적에 나무토막이 하나 있
었다.

그렇다. 게다가 고급스러운 나무토막도 아니었다. 겨울에 방을 따뜻하게 데우기 위해 화로나 벽난로에 불을 땔 때 장작으로나 쓸 법한 평범한 나무토막이었다.

어찌 된 사연인지는 모르겠지만, 어느 화창한 날 늙은 목수가 작업실에서 그 나무토막을 발견한 것이다. 목수의 이름은 안토니오였지만 잘 익은 버찌처럼 검붉고 반질반질한 코 때문에 사람들은 그를 버찌 할아버지라고 불렀다.

나무토막을 본 순간 버찌 할아버지는 기분이 좋아져서 만족스럽게 손을 비비며 중얼거렸다.

"마침 잘됐구먼! 이걸로 작은 탁자 다리를 만들어야지."

말이 끝나기가 무섭게 버찌 할아버지는 날이 시퍼렇게 선 도끼를 집어 들어 나무껍질을 다듬으려 했다. 하지만 나무토막을 막 내려치려던 순간, 버찌 할아버지는 두 팔을 치켜든 자세 그대로 얼어붙고 말았다. 어디선가 가녀린 목소리가 이렇게 애원했기 때문이다.

"제발 너무 세게 때리지 말아주세요."

불쌍한 버찌 할아버지! 얼마나 놀랐을까!

버찌 할아버지는 그 작은 목소리가 어디에서 나온 것인지 찾아내려고 당황한 눈빛으로 방 안을 둘러보았지만, 주변에는 아무도 없었다. 작업대 아래를 살펴보았지만 마찬가지였다. 언제나 굳게 닫혀 있는 벽장을 열어보아도, 대팻밥이

며 톱밥을 모아두는 나무 바구니 안까지 샅샅이 살펴보아도 아무도 없었다. 가게 문을 열고 거리를 내다보았지만 매한가지였다. 그렇다면 방금 그 소리는 대체 어디서 난 걸까?

"알았다!"

버찌 할아버지는 웃으면서 가발을 긁적였다.

"헛것을 들은 게로군. 일이나 계속하자."

버찌 할아버지는 다시 도끼를 집어 들고는 힘차게 나무 토막을 내리쳤다.

"아야! 아프잖아요!"

작은 목소리가 화를 내며 외쳤다.

이번에는 버찌 할아버지도 돌처럼 굳고 말았다. 겁에 질려 두 눈은 튀어나올 듯 크게 뜨고 입을 쩍 벌린 채 혀를 턱까지 쑥 내민 모습이 영락없는 도깨비 탈 같았다.

겨우 정신을 추스르고 나서도 버찌 할아버지는 겁에 질려 벌벌 떨며 말을 더듬었다.

"대체 누가 아프다고 한 거지? 개미 새끼 한 마리 없는데 나무토막이 어린아이처럼 울고 찡찡대는 법을 배우기라도 한 걸까? 설마 그럴 리가. 난로 불쏘시개로나 쓸 법한 평범한 나무토막인걸. 완두콩 삶는 물을 끓일 때 쓰는 장작일 뿐이라고. 그럼 대체 이게 어찌 된 일이지? 설마 나무토막 속에 누가 숨어 있나? 그래 봤자 놈만 손해지. 내 손에 혼쭐이 날 테니 말이야!"

버찌 할아버지는 이렇게 말하면서 불쌍한 나무토막을 부여잡고 사정없이 벽에다 내리친 뒤에, 또 뭐라고 투정을 부리나 가만히 귀 기울여보았다. 하지만 2분이 흐르고 5분이 흐르고 10분이 흘러도 아무런 소리도 들리지 않았다. 버찌 할아버지는 가발을 긁적이며 애써 웃었다.

"그래, 이제 알겠어. 헛소리를 들은 것이 분명해. 일이나 하자."

말은 그렇게 했지만, 겁에 질린 버찌 할아버지는 용기를 내려고 일부러 노래를 흥얼거리며 도끼를 한쪽에 내려놓고 나무토막을 다듬을 대패를 집었다. 그런데 막 대패질을 하려는 순간 이번에도 어김없이 그 작은 목소리가 키득거리면서 말하는 것이 아닌가.

"그만해요! 간지럽단 말이에요!"

그 순간 불쌍한 버찌 할아버지는 벼락이라도 맞은 것처럼 쓰러지고 말았다. 정신을 차렸을 때 할아버지는 자신이 땅바닥에 주저앉아 있다는 사실을 깨달았다.

겁에 질린 나머지 검붉은 코는 시퍼렇게 질리고 얼굴은
알아보지 못할 정도로 심하게 일그러진 채였다.

제2장

버찌 할아버지는 친구인 제페토 할아버지에게 나무토막을 선물한다.
제페토 할아버지는 춤추고 칼싸움하고 공중제비도
넘을 수 있는 멋진 꼭두각시 인형을 만들기로 마음먹는다.

그때 문을 두드리는 소리가 들렸다.

"들어오시오." 버찌 할아버지가 다리에 힘이 풀려 땅바닥에 주저앉은 채 말했다.

그러자 몸집이 자그마하고 쾌활해 보이는 노인이 가게로 들어왔다. 노인의 이름은 제페토였지만 동네 아이들은 그가 화가 나서 길길이 날뛰는 모습을 보려고 일부러 '옥수수 죽'이라고 부르곤 했다. 제페토 할아버지의 가발이 옥수수 색이었기 때문이다. 제페토 할아버지는 성격이 불같아서 자기를 그렇게 부르면 노발대발했다.

"잘 있었나, 안토니오." 제페토 할아버지가 말했다.

"거기 바닥에 앉아서 뭐 하나?"

"개미한테 산수를 가르쳐주고 있다네."

"잘하는 일이로구먼."

"그런 자네는 어떻게 여기까지 왔나?"

"어떻게 오긴, 걸어서 왔지. 내 말 좀 들어보게. 실은 부탁이 있어."

"들어줄 테니 어디 한번 말해보게나." 버찌 할아버지가 무릎을 펴며 말했다.

"오늘 아침에 갑자기 좋은 생각이 떠올랐지 뭔가."

"이야기해보게."

"끝내주게 멋진 꼭두각시 인형을 만들고 싶어. 춤도 추고, 칼싸움도 하고, 공중제비도 넘을 수 있는 그럼 인형 말일세. 그 꼭두각시 인형으로 밥벌이를 하면서 세계 방방곡곡을 여행할까 하네. 자네 생각은 어떤가?"

"잘 생각했어요, 옥수수죽 할아버지!"

어디서 나는 소리인지 도무지 알 수 없는 예의 그 작은 목소리가 말했다.

옥수수죽이라는 말에 제페토 할아버지는 화가 나서 얼굴이 고추처럼 시뻘겋게 달아올랐다. 그는 버찌 할아버지를 바라보며 부아가 잔뜩 치민 투로 말했다.

"자네 대체 왜 나를 놀리는 건가?"

"놀리다니? 누구를?"

"나보고 지금 옥수수죽이라고 하지 않았나!"

"내가 그런 게 아닐세."

"보자 보자 하니 이러다 내가 그랬다고 하겠구먼! 방금 자네가 그리 말하지 않았나?"

"아닐세!"

"맞아!"

"아니라니까!"

"아, 글쎄 그랬다니까!"

분위기가 험해져 말다툼이 몸싸움이 되고 결국 제페토 할아버지와 버찌 할아버지는 머리를 붙잡고 싸우기 시작했다. 둘은 깨물고 할퀴고, 옷이며 가발을 닥치는 대로 잡아당기며 싸웠다.

한바탕 치고받고 싸우다 정신을 차렸을 때는 제페토 할아버지의 가발이 버찌 할아버지의 손에 있고 버찌 할아버지의 회색 가발은 제페토 할아버지의 입에 있었다.

"내 가발을 내놔!" 버찌 할아버지가 버럭 고함을 쳤다.

"서로 가발을 돌려주고 그만 화해하세."

이렇게 해서 두 노인은 각자의 가발을 돌려받은 뒤 악수하고 평생 친하게 지내기로 다짐했다.

"그러니까 자네가 무슨 일로 왔다고 했지?" 버찌 할아버지가 화해의 뜻으로 물었다.

"꼭두각시 인형을 만들 목재를 얻으러 왔다네. 도와주겠나?"

버찌 할아버지는 기뻐하면서 조금 전 자신을 벌벌 떨게 만들었던 바로 그 나무토막을 가지러 작업대로 갔다. 그런데 나무토막을 친구에게 막 건네주려는 찰나에, 나무토막이 부르르 몸을 떨더니 버찌 할아버지의 손에서 빠져나가 불쌍한 제페토 할아버지의 앙상한 정강이를 사정없이 내려치는 것이 아닌가.

"아야! 자네는 선물을 이런 식으로 주나? 하마터면 절름 발이가 될 뻔했지 않나!"

"내가 그런 게 아니야! 정말이네!"

"아니, 그럼 내가 그랬단 말인가?"

"이게 다 이 나무토막 때문이야."

"나무토막이 무슨 죄가 있단 말인가. 내 다리를 내려친 자네 잘못이지."

"내가 그런 게 아니라니까!"

"거짓말!"

"이보게 제페토. 나를 열 받게 하지 말게. 안 그러면 옥수수죽이라고 부르겠네!"

"바보!"

"옥수수죽!"

"멍청이!"

"옥수수죽!"

"무식한 놈 같으니라고!"

"옥수수죽!"

세 번이나 옥수수죽이라고 불린 제페토 할아버지는 제 정신을 잃고 버찌 할아버지를 향해 몸을 던졌고 둘은 또다시 치고받고 싸웠다.

한참을 싸우다 정신을 차려보니 버찌 할아버지의 콧잔

등에는 할퀸 상처가 두 개나 더 생겼고 제페토 할아버지의
웃옷은 단추 두 개가 떨어져 나가고 없었다.

그 정도면 비겼다고 생각한 둘은 악수를 하고 또다시 평
생 좋은 친구로 지내겠노라
다짐했다.

할아버지는 매끈하게
잘 빠진 나무토막을 받아들
고 버찌 할아버지에게 정중
하게 인사한 뒤 절뚝이며 집
으로 향했다.

제3장

집으로 돌아온 제페토 할아버지는 꼭두각시를 만들어 피노키오라는
이름을 지어준다. 처음부터 말썽을 일으키는 피노키오.

제페토 할아버지는 층계참 사이로 희미한 햇살이 들어오는
1층 단칸방에서 살고 있었다. 가구라고는 다 부서져가는 의
자와 상태가 안 좋은 침대와 망가진 탁자뿐인 초라하기 짝이
없는 방이었다. 벽에는 활활 불타는 벽난로가 있었는데 알고
보면 진짜 불이 아니라 그림이었다. 불 위에 뭉게뭉게 연기
를 내뿜으며 보글보글 끓고 있는 냄비 그림에서도 언뜻 보면
진짜 김이 나는 것 같았다. 집에 돌아오자마자 제페토 할아
버지는 도구를 찾아서 나무토막을 다듬어 꼭두각시 인형을
만들기 시작했다.

"인형을 뭐라고 부를까?" 제페토 할아버지가 혼자서 말
했다.

"피노키오라고 불러야겠다. 그 이름은 행운을 가져다줄 거야. 예전에 피노키오 집안사람들과 알고 지냈지. 아빠 피노키오, 엄마 피노키오, 피노키오 군과 피노키오 양까지. 다들 그럭저럭 잘 살았어. 가족 중에서 제일 잘나가는 사람이 거리에서 구걸할 정도로 가난했지만."

인형에게 붙여줄 이름까지 생각해낸 제페토 할아버지는 즐겁게 일하기 시작했다. 할아버지는 단숨에 머리카락과 이마와 눈을 만들었다.

그런데 완성된 눈이 갑자기 혼자서 움직이더니 제페토 할아버지의 얼굴을 빤히 바라보는 것이 아닌가! 나무로 만든 눈이 자신을 쳐다보자 할아버지는 기분이 언짢아져서 퉁명스레 쏘아붙였다.

"못생긴 나무 눈아! 대체 왜 나를 쳐다보는 거냐?"

아무런 대답이 없자 제페토 할아버지는 코를 만들기 시작했다. 그런데 코가 계속 자라나는 것이 아닌가! 코는 쑥쑥 자라더니 눈 깜짝할 사이에 끝이 안 보일 정도로 길어져버렸다.

불쌍한 제페토 할아버지는 낑낑거리며 코를 잘라냈지만, 아무리

잘라내도 그 몹쓸 코는 다시 자라났다.

겨우겨우 코를 완성한 제페토 할아버지는 입을 만들기 시작했다. 그런데 입을 미처 다 만들기도 전에 꼭두각시가 할아버지를 놀려대듯 웃었다.

"닥치지 못해!" 잔뜩 화가 난 제페토 할아버지가 외쳤지만, 소귀에 경 읽기였다.

"닥쳐! 닥치라니까!" 할아버지가 위협했다.

그 말에 꼭두각시는 웃음을 멈췄지만 이내 할아버지를 향해 긴 혀를 날름 내밀었다.

제페토 할아버지는 일을 크게 만들고 싶지 않아서 못 본 척 작업을 계속했다. 입을 완성한 다음에는 턱을 만들고, 목을 만들고, 어깨와 배와 팔과 손을 만들었다.

그런데 인형의 손을 만들자마자 갑자기 머리가 시원해졌다. 위를 보니 아니 대체 이게 무슨 일인가! 할아버지의 노란 가발이 꼭두각시 손에 들려 있는 것이 아닌가!

"피노키오! 당장 가발을 돌려다오!"

피노키오는 가발을 돌려주기는커녕 제 머리에 가발을 너무 깊게 뒤집어

쓰는 바람에 숨도 못 쉬고 컥컥거렸다.

피노키오가 버릇없이 자기를 놀려대자 제페토 할아버지는 한없이 우울하고 슬퍼진 나머지 피노키오를 바라보며 말했다.

"못된 녀석 같으니라고. 아직 다 만들기도 전에 이렇게 아비에게 버릇없이 굴다니! 그러면 못쓴다, 애야. 그럼 못써."

제페토 할아버지는 이렇게 말한 뒤 눈물을 훔쳤다. 하지만 피노키오를 완성하려면 아직 다리와 발을 만들어야 했다.

그런데 발을 다 만들자마자 할아버지의 코를 향해 피노키오의 발이 날아들었다.

"맞아도 싸지." 제페토 할아버지가 혼자 중얼거렸다. "이런 일이 일어날 거라고 예상했어야 했는데. 하지만 이제는 너무 늦었어!"

할아버지는 꼭두각시를 들어 올려 혼자 걸어보라고 바닥에 올려놓았다.

아직 다리가 뻣뻣하게 굳은 피노키오가 제대로 걷지 못하자 제페토 할아버지는 꼭두각시의 손을 잡고 걸음마를 시켰다.

그런데 막상 다리에 감각이 돌아오자 피노키오는 방 안을 신나게 누비며 걷고 뛰놀다 갑자기 문밖으로 뛰쳐나가 길

거리로 도망쳐버렸다.

불쌍한 제페토 할아버지는 피노키오를 뒤쫓았지만, 산토끼처럼 폴짝폴짝 뛰어가는 피노키오를 따라잡기에는 역부족이었다. 포장된 길을 달리는 피노키오의 나무 발걸음 소리가 마치 농부 이십여 명이 나막신을 신고 달리는 것처럼 요란스러웠다.

"저놈 잡아라! 저놈 잡아!"제페토 할아버지가 목놓아 외쳐봤지만 길 가던 행인들은 경주마처럼 쏜살같이 뛰어가는 꼭두각시 인형을 홀린 듯 바라보다 배꼽을 잡고 웃을 뿐이었다.

그때 어디선가 나타난 경찰관이 두 다리를 쩍 벌리고 길한가운데에 떡하니 버티고 섰다. 거리가 소란스러운 것을 보니 달아난 노새가 난동을 피우는 게 틀림없다고 생각하고 더큰 사고가 일어나는 것을 막기 위해 용감하게 나선 참이었다.

멀리서 길을 막고 있는 경찰관을 보고 피노키오는 그의다리 사이로 쏙 빠져나가야겠다는 꾀를 냈지만 어림없는 일이었다.

당당하게 서 있던 경찰관이 피노키오의 코를 가볍게 낚아챈 것이다.

피노키오의 코는 일부러 잡기 편하게 만든 것처럼 컸다. 경찰관에게서 피노키오를 넘겨받은 제페토 할아버지는 녀석의 버릇을 고쳐놓으려고 귀를 잡아당기려 했지만 부질없는 일이었다. 귀가 있어야 할 곳에 없었기 때문이다. 서두르다가 귀 만들기를 잊어버린 것이다.

결국 제페토 할아버지는 귀 대신 피노키오의 목덜미를 움켜잡고 집으로 향했다. 돌아가는 길에 할아버지는 고개를 위협적으로 흔들며 피노키오에게 말했다.

"내 지금은 참지만, 집에만 가면 혼날 줄 알아라!"

제페토 할아버지가 으름장을 놓자 피노키오는 땅바닥에 털썩 주저앉아버렸다. 그새 호기심 많고 할 일 없는 사람들이 하나둘 모여들어 피노키오와 제페토 할아버지를 둘러싸고 한마디씩 참견하기 시작했다.

"불쌍한 꼭두각시! 저럴 만도 하지! 집에 가면 저 못된 영감한테 얼마나 두들겨 맞겠어!"

어떤 이들은 한술 더 떠서 이렇게 말했다.

"저 양반은 겉보기에는 순하지만 아이들에게는 폭군이 따로 없어. 그대로 내버려두면 저 불쌍한 꼭두각시는 제페토의 손에 토막이 날 거야."

이러쿵저러쿵 시끄러워지자 경찰관이 다시 나타나 피노키오는 풀어주고 오히려 불쌍한 제페토 할아버지를 끌고 갔다. 제페토 할아버지는 아무런 변명도 하지 못하고 결국 송아지처럼 꺼이꺼이 울음을 터뜨리고 말았다. 감옥으로 끌려가면서 제페토 할아버지는 흐느껴 울며 말했다.

"몹쓸 녀석 같으니라고! 착한 꼭두각시 인형을 만들려고 그렇게 애를 썼는데. 하지만 이것도 다 내 탓이야. 이런 일이 벌어질 거라고 예상해야 했어……."

이렇게 해서 제페토 할아버지는 경찰관에게 끌려가버리고……. 다음 장부터는 그 후 피노키오가 겪게 되는 기막힌 일들이 펼쳐진다!

제4장

피노키오와 말하는 귀뚜라미.

버릇없는 아이들이 자기보다 현명한 이의 충고를

얼마나 듣기 싫어하는지 알 수 있는 이야기.

그 후 일어난 일은 이렇다. 불쌍한 제페토 할아버지가 아무런 죄도 없이 끌려가자 경찰관의 손아귀에서 풀려난 말썽꾸러기 피노키오는 빨리 집에 가려고 쏜살같이 들판을 가로질렀다. 가파른 비탈길과 나무 울타리와 물웅덩이를 펄쩍펄쩍 뛰어넘으며 신나게 달려가는 모습이 영락없이 사냥꾼에게 쫓기는 염소 새끼나 산토끼였다.

집에 도착해보니 현관문이 반쯤 열려 있었다. 문을 열고 집 안으로 들어간 피노키오는 한참을 끙끙대며 자물쇠를 잠근 후 땅바닥에 주저앉아 안도의 한숨을 내쉬었다.

하지만 그도 잠시뿐, 갑자기 방에서 '귀뚤귀뚤' 하고 귀뚜라미 우는 소리가 들렸다.

"누가 날 부르는 거지?" 겁에 질린 피노키오가 말했다.

"나야, 나!"

고개를 돌려보니 커다란 귀뚜라미 한 마리가 천천히 벽을 타고 올라가고 있었다.

"대체 웬 귀뚜라미냐?"

"나는 말하는 귀뚜라미야. 이 집에서 산 지 100년도 넘었지."

"오늘부터 이 집은 내 거야." 피노키오가 말했다.

"그러니 나랑 한판 붙을 생각이 아니라면 당장 꺼져. 뒤도 돌아보지 말고 가란 말이야."

"너한테 해줄 중요한 이야기가 있어. 그전에는 못 나가." 말하는 귀뚜라미가 말했다.

"그러면 말하고 나서 꺼져."

"부모님 말씀을 안 듣고 멋대로 집을 나가는 아이들은 나중에 혼쭐이 날 거야. 그런 아이들은 절대로 잘될 수 없고 언젠가는 사무치게 후회할 거야."

"이봐, 귀뚜라미. 마음대로 지껄여봐. 네가 무슨 노래를 불러도 내일 새벽이면 나는 이 집구석을 떠날 생각이니까. 여기

있으면 나도 결국 다른 아이들처럼 될 거야. 그 말인즉슨 나도 학교에 가게 될 것이란 말이지. 학교에 가면 싫어도 공부를 해야 할 거고. 솔직히 나는 공부할 생각이 눈곱만큼도 없어. 그보다는 나비를 잡으러 뛰어다니고 새 둥지를 뒤지러 나무나 타는 편이 훨씬 재미있어."

"어리석은 피노키오. 불쌍하기 짝이 없구나! 그렇게 멍청하게 살다 결국 놀림감이 될 거라는 것을 왜 몰라?"

"재수 없는 녀석. 입 닥쳐!" 피노키오가 버럭 고함을 질렀다.

하지만 참을성 많고 사려 깊은 귀뚜라미는 피노키오가 버릇없이 구는데도 한결같은 목소리로 말했다.

"학교에 가기 싫으면 일이라도 배우지 그래? 정직하게 밥벌이라도 할 수 있도록 말이야."

"솔직히 말할까?" 슬슬 짜증이 나기 시작한 피노키오가 말했다. "많고 많은 일 중에 마음에 드는 게 딱 하나 있어."

"그게 뭔데?"

"먹고 자고 마시고 신나게 놀면서 아침저녁 할 것 없이 일없이 어슬렁어슬렁 돌아다니는 거야."

"너를 위해서 하는 말인데 그렇게 살다가는 결국 병원이나 감옥 신세를 지게 될 거야."

"재수 없는 귀뚜라미 같으니라고, 말조심해. 그러다 큰

코다칠 줄 알아!"

"불쌍한 피노키오. 가엽기 짝이 없구나……."

"내가 가엽기는 왜 가여워?"

"그야 네가 한낱 꼭두각시일 뿐이니까 그렇지. 머리도 나무 대가리고."

그 말에 화가 머리끝까지 치민 피노키오는 작업대에 놓인 나무망치를 집어 들어 귀뚜라미를 향해 힘껏 던졌다.

어쩌면 애초에 귀뚜라미를 맞힐 생각조차 없었을지도 모른다. 하지만 불행히도 망치는 말하는 귀뚜라미의 머리를 향해 정확하게 날아갔고 불쌍한 귀뚜라미는 '귀뚜르르' 하고 마지막 숨을 내뱉고는 그만 벽에 달라붙은 채 몸이 뻣뻣해지고 말았다.

제5장

배가 고픈 피노키오는 달걀 요리를 만들어 먹으려 한다.
하지만 피노키오가 막 먹으려는 순간,
달걀은 어이없게도 창밖으로 날아가버린다.

어느덧 날이 저물었다. 피노키오는 그때까지 아무것도 먹지 못했다는 사실을 깨달았다. 출출한 배에서 꼬르륵 소리가 났다.

아이들은 배고픔을 못 참는 법이다. 얼마 지나지 않아 출출함은 식욕으로 변하고 식욕은 눈 깜짝할 새 허기로 변해 피노키오는 돌이라도 씹어먹을 수 있을 것 같았다.

불쌍한 피노키오는 우선 벽난로를 향해 달려갔다. 보글보글 끓는 냄비에 뭐가 있는지 보려고 뚜껑을 열려 했지만 소용없었다. 진짜 냄비가 아니라 벽에 그려진 그림이었기 때문이다. 실망한 나머지 순간 피노키오의 코가 손가락 네 개

만큼이나 더 길어지고 말았다.

　피노키오는 먹다 남긴 빵 조각이라도 찾으려고 서랍이며 수납장을 샅샅이 뒤지며 방 안을 이리저리 뛰어다녔다. 뭐든지 먹을 수 있을 것 같았다. 말라비틀어진 빵 한 조각, 파이 한 조각, 개뼈다귀, 곰팡이 핀 옥수수죽, 생선 뼈, 버찌 씨앗이라도 좋았다. 입에 넣고 씹을 수만 있다면 뭐든 상관없었건만 아무것도 없었다. 쌀 한 톨 나오지 않았다.

　그러는 동안 점점 더 배가 고파졌지만 불쌍한 피노키오가 할 수 있는 일은 아무것도 없었다. 괜히 하품만 나왔다. 피노키오는 귀에 걸릴 정도로 입을 쩍 벌리며 크게 하품을 했다. 하품할 때마다 침이 고였고, 침을 뱉으면 뱃가죽이 등가죽에 달라붙는 것 같았다.

　피노키오는 절망한 나머지 울음을 터뜨리고 말았다.

　"말하는 귀뚜라미가 옳았어. 아빠한테 대들고 집에서 도망치는 게 아니었는데. 아빠만 있었어도 이렇게 하품만 하고 앉아 있지는 않았을 텐데 말이야. 아! 배고픔이란 정말 끔찍한 병이야!"

　바로 그때 쓰레기 더미 사이에서 무엇인가가 보였다. 하얗고 둥근 것이 꼭 달걀 같았다. 재빨리 쓰레기 더미를 향해 몸을 날려 집어 들어보니, 놀랍게도 달걀이 있는 게 아닌가!

　그 순간 피노키오는 얼마나 기뻤는지 모른다. 그 어떤

말로도 표현하기 힘들 정도였다. 피노키오는 혹시나 꿈인가 싶어 달걀을 손에 올려놓고 이리저리 굴려보기도 하고 만지 작거리기도 하고 입을 맞추기까지 했다.

"이 달걀을 어떻게 요리할까? 프라이를 해 먹을까? 그 릇에 깨어 넣고 익혀 먹을까? 프라이팬에 부쳐 먹는 것이 더 맛있지 않을까? 반숙으로 삶아 먹을까? 아니야, 아무래도 냄비나 그릇에 넣고 익히는 것이 제일 빠르겠어. 빨리 먹고 싶다!"

피노키오는 곧바로 시뻘건 숯불이 가득 담긴 든 화로 위 에 냄비를 올리고, 기름이나 버터 대신 물을 조금 따라 넣었 다. 물에서 김이 모락모락 나자 피노키오는 냄비에 넣으려고 달걀 껍데기를 탁 깨뜨렸다.

그런데 노른자와 흰자가 나와야 할 달걀에서 명랑하고 예의 바른 병아리가 튀어나오는 것이 아닌가! 녀석은 피노키 오를 향해 꾸벅 절을 하더니 이렇게 말했다.

"감사드려요, 피노키오 님. 덕분에 껍데기를 깨는 수고 를 덜었지 뭐예요. 안녕히 계세요. 항상 건강하시고 식구들 에게도 안부 전해주세요!"

말을 마친 병아리는 날개를 쭉 펴고 눈 깜빡할 새 열린 창문 밖으로 날아가버렸다.

불쌍한 피노키오는 뭐에 홀린 사람처럼 넋이 나가서 눈

을 휘둥그렇게 뜨고 입을 떡 벌린 채 달걀 껍데기를 손에 들고 발에 못이 박힌 듯 가만히 서 있었다. 그러다 정신을 차리고는 실망한 나머지 소리를 지르고 발을 동동 구르며 흐느껴 울었다.

"말하는 귀뚜라미가 옳았어. 이러다간 굶어 죽게 생겼어. 처음부터 집에서 도망치지 않았더라면, 아빠만 여기 있었으면 이런 일은 없었을 텐데. 배고픔이란 정말 끔찍한 병이야!"

배에서 계속 꼬르륵 소리가 나자 피노키오는 어찌할 바를 몰라 결국 밖으로 나가 이웃 마을에 가보기로 했다. 빵을 나눠 줄 마음씨 좋은 사람을 만나기를 바라면서.

제6장

피노키오는 화로에 발을 올려놓은 채 잠이 들고,
다음 날 아침 발이 몽땅 타버린 채 잠에서 깬다.

때는 마침 추운 겨울밤이었다. 고막이 찢어질 듯한 천둥소리
가 들려오고 번쩍이는 번개 때문에 하늘이 불타오르는 듯했
다. 거대한 먼지구름과 함께 성난 휘파람 소리를 내며 불어
오는 매서운 겨울바람에 들판의 나무들이 몸을 떨며 신음을
뱉어냈다.

피노키오는 천둥과 번개에 겁이 더럭 났다. 하지만 배고
픔이 두려움보다 강했기 때문에 현관문을 열어젖히고 달음
박질치기 시작했다. 백 걸음쯤 껑충껑충 뛰어 이웃 마을에
이르자 피노키오는 사냥개처럼 혀를 쭉 내밀고 거친 숨을 몰
아쉬었다.

막상 이웃 마을에 와보니 사방이 어둡고 황량했다. 가게

문은 죄다 닫혀 있었고 사람들이 사는 집은 문도 창문도 꼭 꼭 닫혀 있었다. 거리에는 지나다니는 개 한 마리조차 눈에 띄지 않았다. 마치 유령 도시 같았다.

배고픔에 절망한 피노키오는 아무 집이나 골라서 끈질 기게 초인종을 눌렀다.

피노키오는 생각했다.

'언젠가 내다보는 사람이 있겠지.'

그러자 정말로 수면 모자를 쓴 노인이 창밖으로 얼굴을 내밀더니 잔뜩 화가 난 목소리로 물었다.

"이 시간에 대체 누구요?"

"제발 부탁이니 빵 한 조각만 주세요."

"곧 올 테니 거기서 잠깐만 기다리고 있거라."

하지만 피노키오가 곤히 잠든 착한 사람들을 괴롭히려 고 밤마다 장난으로 남의 집 초인종을 울리고 다니는 불한당 이라고 생각한 노인은 잠시 뒤 창문을 다시 열고 피노키오에 게 외쳤다.

"아래로 와서 모자를 내밀어보렴."

피노키오는 재빨리 모자를 벗었다. 하지만 모자를 내밀 자 갑자기 물벼락이 쏟아졌고 피노키오는 비 맞은 시든 제라 늄처럼 머리부터 발끝까지 온몸이 흠뻑 젖고 말았다.

물에 빠진 생쥐 꼴로 집으로 돌아온 피노키오는 지치고

배고파서 기절할 지경이었다. 피노키오는 똑바로 서 있을 힘조차 없어서 의자에 걸터앉아 더럽고 축축한 발을 숯불이 가득 담긴 화로 위에 올려놓은 채 그대로 잠이 들고 말았다.

잠든 사이에 나무로 만든 발이 서서히 불에 타 숯불이 되었다가 결국 재가 되어버렸는데도 피노키오는 남의 발인 양 신나게 코까지 골며 단잠을 잤다. 피노키오는 날이 밝은 후 누군가 문을 두드리는 소리에 비로소 잠에서 깨어났다.

"누구세요?" 피노키오가 하품하고 눈을 비비며 물었다.

"나다."

누군가 말했다.

목소리의 주인공은 다름 아닌 제페토 할아버지였다.

47

제7장

집으로 돌아온 불쌍한 제페토 할아버지는 자기가 아침으로 먹으려고
가져왔던 음식을 모두 피노키오에게 내준다.

불쌍한 피노키오는 비몽사몽간에 발이 몽땅 타버린 줄도 모
르고 아빠 목소리를 듣고 문을 열어주려고 의자에서 폴짝 뛰
어내렸다가 몇 걸음 못 가 비틀거리며 바닥에 엎어지고 말았
다. 그 소리가 어찌나 요란했던지 마치 국자가 가득 든 자루
가 5층 건물에서 떨어져 내린 것 같았다.

"문 좀 열어다오!" 제페토 할아버지가 밖에서 외쳤다.

"못 하겠어요, 아빠." 피노키오가 방바닥에서 뒹굴며 흐
느껴 울었다.

"왜 못 연다는 거냐?"

"누군가 제 발을 먹어버렸거든요."

"아니 대체 누가 그런 짓을 했단 말이냐?"

"고양이가요."

앞발로 대팻밥을 건드리며 놀고 있는 고양이를 보고 피노키오가 말했다.

"어서 문을 열라니까!" 제페토 할아버지가 다시 말했다.

"열지 않으면 내 진짜로 네 녀석 발을 고양이 먹이로 줘버릴 테다."

"못 일어나겠어요. 정말이에요. 아, 내 팔자야! 평생을 무릎으로 기어 다니게 생겼네……."

피노키오가 이번에도 장난으로 징징거린다고 생각한 제페토 할아버지는 이참에 버릇을 고쳐주기로 마음먹고 벽을 타고 올라가 창문으로 집에 들어갔다. 원래는 단단히 혼쭐을 내줄 생각이었건만, 막상 친자식 같은 피노키오가 정말로 발이 타버린 채 바닥에 쓰러져 있는 모습을 보자 할아버지는 애처로운 마음에 피노키오의 목을 잡고 안아 올려 뽀뽀를 해주고 어루만져주었다. 굵은 눈물이 제페토 할아버지의 두 뺨을 타고 흘러내렸다. 할아버지가 흐느껴 울며 피노키오에게 말했다.

"아이고, 우리 피노키오. 어쩌다 발이 다 타버린 거니?"

"잘 모르겠어요, 아빠. 하지만 어젯밤은 정말이지 지옥 같았어요. 평생 못 잊을 거예요. 천둥이 치고 번갯불이 번쩍이는 데다 배고파서 죽는 줄 알았어요. 그런데 그놈의 말하

는 귀뚜라미까지 글쎄 '그래도 싸지, 못된 짓을 했으니 그래도 싸'라고 하지 않겠어요? 그래서 저는 '귀뚜라미야, 조심해!'라고 했죠. 그러자 녀석이 '너는 한낱 꼭두각시일 뿐이야, 이 멍청한 나무 대가리야!'라고 했어요. 그 말에 제가 귀뚜라미를 향해 망치를 날렸고 결국 녀석은 죽어버렸죠. 하지만 그건 다 자업자득이에요. 애초에 귀뚜라미를 죽일 생각은 없었거든요. 그런 다음 화롯불에 냄비를 올려놓았거든요? 그런데 병아리가 '안녕히 계세요. 가족에게 안부 전해주세요'라고 하더니 그만 창밖으로 도망쳐버렸어요. 그러는 동안 배는 점점 더 고파졌어요. 그래서 수면 모자를 쓴 노인 집을 찾아갔는데 노인이 창밖으로 얼굴을 내밀더니 '아래로 와서 모자를 내밀어보렴' 하는 거예요. 그리고는 머리 위로 물벼락이 쏟아져 내렸어요. 빵 한 조각 달라고 하는 것이 그렇게 수치스러운 일인가요? 전 곧바로 집으로 돌아왔어요. 배가 너무 고팠어요. 몸이라도 말리려고 화덕에 발을 올려놓았는데 그러다 아빠가 돌아왔고 발이 타버린 걸 알게 된 거죠. 여전히 배는 고픈데 이제는 발도 없어요! 으앙!"

불쌍한 피노키오는 십 리 밖에서도 다 들릴 정도로 큰 소리로 악을 쓰며 울었다.

피노키오가 횡설수설 늘어놓는 이야기 중에서 제페토 할아버지가 딱 한 가지 확실히 알아들은 사실은 바로 피노키오가 배고파 죽을 지경이라는 것이었다. 할아버지는 주머니에서 배 세 개를 꺼내 피노키오에게 내밀었다.

"이 배는 내가 아침으로 먹으려던 거란다. 하지만 네게 기꺼이 내줄 테니 어서 먹으렴. 기분이 훨씬 좋아질 거야."

"기왕 주실 거면 껍질을 깎아주세요."

"껍질을 깎아달라고?" 제페토 할아버지가 기가 차서 되물었다.

"네가 그렇게 식성이 까다로운 줄은 몰랐구나. 그럼 못쓴다. 험한 세상을 살면서 어렸을 때부터 뭐든 맛있게 먹는 법을 배워야 해. 무슨 일이 있을지 어떻게 알겠니. 살다 보면 별의별 일이 다 일어난단다."

"아빠 말이 옳다 해도 저는 껍질 안 벗긴 과일은 안 먹어요. 껍질 같은 것은 도저히 못 먹겠어요."

마음씨 좋은 제페토 할아버지는 이번에도 꾹 참고 칼을 꺼내서 배 세 개를 깎은 다음 껍질을 탁자 한쪽에 쌓아두었다. 피노키오가 배 하나를 두 입에 먹어치우고 속을 내던지려 하자, 제페토 할아버지가 피노키오의 팔을 붙잡았다.

"버리지 마라. 세상에 버릴 것은 하나도 없단다."

"하지만 저는 과일 속 따위는 절대로 안 먹을 거예요."
피노키오가 독사처럼 고개를 획 돌리며 외쳤다.

"그걸 네가 어떻게 아니? 살다 보면 별의별 일이 다 일어
난다니까." 제페토 할아버지가 차분히 말했다.

제페토 할아버지는 끝까지 배 속 세 개를 하나도 내다
버리지 않고 식탁 한쪽에 쌓아놓은 껍질 옆에 나란히 올려두
었다.

배를 다 먹어치운, 아니 정확하게 말해 배 세 개의 살을
게걸스레 먹어치운 피노키오는 길게 하품을 하더니 또 징징
거렸다.

"그래도 배가 고파요!"

"하지만 더는 먹을 것이 없단다."

"아무것도 없나요?"

"저기 배 껍질과 속밖에 없어."

"어쩔 수 없죠, 뭐." 피노키오가 말했다. "정말 먹을 게
하나도 없으면 껍질이라도 먹을 수밖에."

피노키오는 처음에는 입을 조금 삐죽거렸지만, 나중에
는 껍질뿐만 아니라 배 속까지 게 눈 감추듯 먹어치웠다. 모
든 것을 싹 다 먹어치운 후에야 피노키오는 만족스럽게 배를

두드리며 기뻐했다.

"이제야 좀 살겠네!"

"봤지?" 제페토 할아버지가 말했다.

"내 말이 맞지 않았니. 지나치게 식성이 까다로우면 좋을 것이 없단다. 또 사람 일이 어찌 될지는 알 수 없는 거야. 살다 보면 별의별 일이 다 생기니까."

제8장

피노키오의 발을 다시 만들어준 제페토 할아버지는
외투를 팔아 알파벳 철자 교본을 사준다.

배를 채우기가 무섭게 피노키오는 발을 다시 만들어달라고
울며 보챘다.

하지만 제페토 할아버지는 피노키오의 버릇을 고쳐주려
고 반나절 동안은 피노키오가 서럽게 울게 내버려두었다.

"내가 뭐 하러 발을 다시 만들어줘? 그래봤자 가출밖에
더 하겠니?"

"오늘부터는 착한 아이가 될게요." 피노키오가 흐느끼며
말했다. "약속해요."

"아이들은 바라는 게 있으면 다 그렇게 말하지." 제페토
할아버지가 말했다.

"학교에 가서 공부도 열심히 하고 착한 아들이 될게요."

"아이들은 바라는 게 있으면 항상 똑같은 말을 하지."

"전 달라요! 나는 세상에서 제일 착하고 거짓말도 안 해요. 약속해요, 아빠. 열심히 기술을 배워서 나중에 아빠가 늙으면 아빠를 위로해드리고 힘이 되어드릴게요."

마음 여린 제페토 할아버지는 비록 표정은 험상궂게 지어 보였지만, 피노키오가 딱한 나머지 눈에 눈물이 그렁그렁 고였다. 결국, 할아버지는 아무 말 없이 연장과 잘 마른 나무 두 토막을 집어 들고 열심히 일해서 한 시간도 채 안 돼 멋진 발을 완성했다. 민첩하고 매끄럽고 단단한 모양이 마치 천재의 손에서 탄생한 예술품 같았다. 제페토 할아버지가 피노키오에게 말했다.

"눈을 감고 잠을 자렴."

피노키오가 눈을 감고 잠든 척하는 사이에 제페토 할아버지는 달걀 껍데기 안에 담긴 풀로 피노키오의 두 발을 제자리에 붙여놓았다. 어찌나 잘 붙여놓았는지 자국조차 없이 감쪽같았다.

피노키오는 발이 생긴 것을 깨닫고 식탁에서 뛰어

내렸다. 너무 기쁜 나머지 미친 사람처럼 깡충깡충 뛰어다니며 재주를 넘었다.

"아빠의 은혜에 보답하기 위해 지금 당장 학교에 갈게요." 피노키오가 말했다.

"장하구나, 우리 피노키오!"

"하지만 학교에 가려면 옷이 있어야 해요."

땡전 한 푼 없는 가난한 제페토 할아버지는 꽃무늬 포장지로 종이옷을, 나무껍질로 신발을, 빵으로 모자를 만들어주었다.

세숫대야 물에 제 모습을 비춰본 피노키오는 만족스러운 표정으로 으쓱댔다.

"이렇게 차려입으니 신사가 따로 없네요!"

"그렇고 말고. 하지만 신사에게 중요한 것은 값비싼 옷이 아니라 깨끗한 옷이란다. 그 사실을 꼭 기억하렴."

"그런데 학교에 가려면 뭔가가 더 필요해요. 가장 중요한 것이 빠졌어요."

"뭐가 빠졌지?"

"알파벳 철자 교본이요."

"네 말이 맞아. 하지만 어떻게 마련하지?"

"그거야 서점에서 사면 되죠."

"돈은?"

"저는 돈 없어요."

"나도 마찬가지란다."

마음씨 착한 제페토 할아버지가 슬픈 표정으로 말하자 항상 명랑하던 피노키오마저 우울해졌다. 아무리 어려도 자기 집이 찢어지게 가난하다는 것은 다 아는 법이다.

"하는 수 없지."

제페토 할아버지가 갑자기 벌떡 일어나 외치더니 여기저기 기워서 너덜너덜해진 코르덴 외투를 걸치고 밖으로 뛰쳐나갔다.

잠시 후 제페토 할아버지는 아들에게 줄 책 한 권을 들고 집으로 돌아왔다. 그런데 나갈 때 입고 있던 외투가 사라지고 없었다. 밖에 눈이 펑펑 내리는데 불쌍한 노인은 셔츠 차림이었다.

"아빠 외투는요?"

"팔아버렸다."

"왜요?"

"너무 더워서."

아빠의 말뜻을 이해한 피노키오는 마음이 뭉클해져서 제페토 할아버지의 품에 뛰어들어 목을 껴안고 얼굴에 입을 맞췄다.

제9장

피노키오는 꼭두각시 인형극을 보려고
알파벳 철자 교본을 팔아버린다.

눈이 그치자 피노키오는 소중한 알파벳 철자 교본을 팔에 끼
고 학교로 향했다. 가는 동안 피노키오의 작은 머릿속에는
상상의 나래가 펼쳐졌다. 상상하면 할수록 피노키오의 허황
된 꿈은 점점 커져만 갔다.

"오늘은 학교에서 읽기를 배우고, 내일은 쓰기를 배우
고, 모레는 셈을 배워서 떼돈을 벌어야지. 돈을 벌면 제일 먼
저 아빠에게 멋진 순모 외투를 사드릴 거야. 아니, 아니지. 그
정도로는 어림도 없어. 금실과 은실로 짜고 번쩍이는 보석
단추를 단 외투를 사드릴 테야. 불쌍한 우리 아빠에게 그 정
도는 해드려야 해. 나를 학교에 보내고 책을 사주려고 이 추
운 날씨를 셔츠 한 장으로 견디다니. 그런 아빠가 세상에 또

어디 있겠어?"

피노키오가 감정이 복받쳐서 이렇게 말하는 순간 어디선가 피리 소리와 북소리가 들려오는 것 같았다.

삘리리 삘리리, 둥둥 둥둥.

걸음을 멈추고 가만히 들어보니 작은 해변마을로 이어지는 샛길 끄트머리에서 들려오는 것 같았다.

"웬 음악 소리지? 아이 참, 학교만 아니었으면…….."

피노키오는 그 자리에 멈춰 선 채 망설였다. 학교에 갈 것이냐 아니면 피리 소리를 따라갈 것이냐……. 결정을 내려야 했다.

마침내 말썽꾸러기 피노키오는 어깨를 으쓱하며 말했다.

"학교는 내일 가고 오늘은 피리를 들으러 가야겠다. 학교야 언제든 갈 수 있으니까."

그렇게 마음먹은 피노키오는 바닷가로 향하는 길을 따라 달리기 시작했다. 달리면 달릴수록 피리 소리와 북소리가 더 뚜렷해졌다.

삘리리 삘리리, 둥둥 둥둥.

마침내 어떤 광장에 도착했는데 사람이 바글바글했다. 사람들은 알록달록 색을 칠한 천과 나무로 만든 커다란 천막 주변에 모여 있었다.

"저 천막은 뭐니?" 피노키오가 마침 근처에 있던 동네 꼬마에게 물었다.

"뭐라고 쓰였는지 읽어보면 되지."

"나도 그러고 싶지만, 오늘은 아직 글을 읽을 줄 몰라."

"너 바보로구나? 그렇다면 내가 읽어줄게. 저기 저 간판에 불처럼 새빨간 색으로 적힌 글씨는 '꼭두각시 인형 극장'이야."

"시작한 지 오래됐니?"

"얼마 안 됐어."

"입장료는 얼만데?"

"동전 네 닢밖에 안 해."

인형극이 궁금해서 안달이 난 피노키오는 더는 참지 못하고 부끄러운 줄도 모르고 아이에게 물었다.

"내일까지만 동전 네 닢을 빌려주지 않을래?"

"그러고는 싶지만, 오늘은 나도 안 되겠어." 아이가 말했다.

"대신 내 웃옷을 줄게." 피노키오가 말했다.

"꽃무늬 종이웃으로 뭘 하라고? 비가 내리면 다 젖어서 벗지도 못할 텐데."

"그럼 이 신발은 어때?"

"장작감밖에 안 될 것 같은데?"

"그럼 이 모자는 얼마에 살래?"

"빵으로 만든 모자라니 끝내준다. 그 모자를 쓰고 있으면 생쥐가 빵을 갉아 먹겠다고 달려들겠어."

아이의 반응이 시원치 않자 피노키오는 애가 탔다. 팔 만한 물건이 딱 하나 있었지만 차마 말이 나오지 않아 우물 쭈물 망설이며 끙끙대다 결국 물었다.

"새 알파벳 철자 교본은 어때? 동전 네 닢에 살래?"

"나는 어린아이야. 나와 같은 아이들한테서 물건을 사지 않아." 피노키오보다 훨씬 생각이 깊은 아이가 말했다.

"동전 네 닢이라면 내가 사마!" 때마침 둘의 대화를 듣고 있던 헌 옷 장수가 외쳤다.

피노키오는 그 즉시 헌 옷 장수에게 책을 팔아버렸다.

어린 아들에게 책을 사주느라 집에서 셔츠 차림으로 벌벌 떨고 있는 제페토 할아버지만 딱하게 됐다.

제10장

꼭두각시들은 형제인 피노키오를 알아보고
반갑게 맞이해준다. 하지만
인형극 단장 허풍선이가 나타나는 바람에
피노키오는 비참한 최후를 맞이할 위험에 처한다.

피노키오가 꼭두각시 인형 극장에 들어가자 한바탕 난리가
났는데, 상황은 이러했다.

　피노키오가 들어갔을 때는 막이 이미 올라 인형극이 시
작된 뒤였다. 무대 위에는 아를레키노와 폴치넬라가 티격태
격 싸우고 있었다. 둘은 여느 때처럼 서로 뺨을 때리겠다는
둥 몽둥이로 두들겨 패겠다는 둥 으르렁대고 있었다.

　관람객들은 두 꼭두각시가 스스로 생각할 줄 아는 진짜
사람처럼 움직이면서 상대방을 향해 찰지게 욕설을 날리는
모습에 푹 빠져서 배꼽을 잡고 웃어댔다.

그때 아를레키노가 갑자기 연기를 멈추고 관객들을 똑바로 바라보고 섰다. 아를레키노는 관객석 맨 뒤쪽을 가리키며 호들갑스럽게 외쳤다.

"세상에! 이게 꿈이야, 생시야? 피노키오잖아!"

"정말 피노키오네!" 풀치넬라도 합세했다.

"진짜 피노키오야!" 로사우라 아주머니도 무대 뒤에서 고개를 쑥 내밀며 외쳤다.

"피노키오! 피노키오!" 극장에 있던 모든 꼭두각시 인형들이 무대 뒤에서 뛰쳐나와 합창했다.

"피노키오가 왔다! 우리 형제 피노키오가 왔어! 피노키오 만세!"

"피노키오! 여기 무대로 올라와!" 아를레키노가 외쳤다. "나무로 만든 형제들 품에 안기렴!"

아를레키노의 다정한 초대에 피노키오는 단숨에 객석 맨 뒤에서 일등석까지 훌쩍 뛰었다. 그런 다음 다시 펄쩍 뛰어 오케스트라 지휘자 머리를 사뿐히 밟고 무대 위로 뛰어올랐다.

다들 얼마나 피노키오를 반가워하던지! 꼭두각시 배우들은 피노키오를 껴안고, 목을 끌어안고, 다정스레 꼬집기도 하고, 머리를 콩콩 부딪치기도 하며 애정을 표현했다.

두말할 것 없이 참으로 감동적인 광경이었지만 객석에

앉아 있던 관객들은 인형극이 진행되지 않자 인내심을 잃고 고함을 치기 시작했다.

"인형극을 계속해! 인형극을 계속해!"

하지만 그래봤자 입만 아플 뿐이었다. 꼭두각시들은 연극을 시작하기는커녕 더 크게 소리를 지르고 떠들어댔다. 인형들은 피노키오를 어깨에 태우고 의기양양하게 무대 앞 아래쪽 조명이 있는 곳으로 데리고 갔다.

결국 극단 단장이 나섰다. 단장은 얼굴만 봐도 도망치고 싶을 정도로 험악하게 생긴 남자였다. 아궁이 같은 커다란 입과 시뻘건 호롱불 같은 두 눈에 잉크처럼 새까만 수염은 걷다가 발에 밟힐 정도로 길었다. 게다가 뱀 가죽과 여우 꼬리를 꼬아 만든 굵은 채찍을 들고 휘둘러댔다.

단장의 갑작스러운 등장에 모두 입을 다물고 숨을 멈췄다. 순간 파리 날갯소리가 들릴 정도로 주변이 조용해졌다. 불쌍한 나무 인형들은 하나같이 사시나무 떨듯 바들바들 떨었다.

"네가 뭔데 내 극장에 나타나 소동을 일으키는 것이냐?" 단장이 지독한 감기에 걸린 괴물 같은 목소리로 피노키오에게 외쳤다.

"제 잘못이 아닙니다, 고귀하신 나으리. 믿어주세요."

"그만! 네 죄는 이따 밤에 묻겠다."

그날 저녁 인형극이 끝난 후 단장은 부엌으로 갔다. 그곳에는 저녁 식사로 먹을 먹음직스러운 양고기가 꼬챙이에 꿰여 불 위에서 천천히 돌아가고 있었다. 마침 양고기를 마저 익힐 장작이 모자란 것을 보고, 단장은 아를레키노와 폴치넬라를 불렀다.

"못에 걸어둔 그 꼭두각시 녀석을 데려와. 아까 보니까 바싹 잘 마른 나무로 만든 것 같던데. 녀석을 장작으로 쓰면 불길이 활활 타올라 양고기가 잘 구워질 거야."

아를레키노와 풀치넬라는 잠시 망설였다. 하지만 주인이 매섭게 째려보자 겁이 나서 명령에 따를 수밖에 없었다. 얼마 후 둘은 불쌍한 피노키오의 양팔을 붙잡고 부엌으로 끌고 왔다. 피노키오는 물 밖으로 나온 장어처럼 몸부림을 치며 절망적으로 외쳤다.

"아빠, 살려주세요! 죽기 싫어요! 죽기 싫단 말이에요!"

제11장

극단 단장 허풍선이는 재채기를 하고 피노키오를 용서해준다.
피노키오는 목숨을 걸고 친구 아를레키노를 지켜준다.

극단 단장 이름은 허풍선이였는데 솔직히 생긴 것만 보면 무시무시했다. 앞치마처럼 가슴 전체를 덮고 다리까지 내려오는 까만 수염 때문에 더 그렇게 보이기도 했다. 하지만 그런 겉모습과는 달리 속마음은 모질지 못했다. 자기 앞에 끌려온 피노키오가 "제발 살려주세요! 죽기 싫어요!"라고 울부짖는 모습을 측은히 여겨 마음이 약해진 것만 봐도 그가 나쁜 사람이 아니라는 사실을 알 수 있었다. 허풍선이는 그런 마음을 들키지 않으려고 애를 쓰다 결국 참지 못하고 큰소리로 재채기를 하고 말았다.

　　그때까지 버드나무 가지처럼 축 처져 있던 아를레키노는 재채기 소리에 갑자기 얼굴이 환해지더니 피노키오를 향해 허리를 굽혀 속삭였다.

"이봐 친구, 좋은 소식이야. 단장이 재채기를 했어. 그건 곧 너를 불쌍하게 생각한다는 뜻이야. 넌 이제 살았어."

여기서 한 가지 알아둘 사실이 있다. 보통 사람들은 불쌍한 마음이 들면 눈물을 흘리거나 눈시울을 닦는 시늉을 하는데 허풍선이는 재채기를 했다. 그는 그런 식으로 자기 마음이 약해진 것을 내비쳤다.

허풍선이는 재채기를 한 뒤 피노키오에게 일부러 퉁명스레 외쳤다.

"뚝 그치지 못해? 네 녀석이 우는 통에 속이 다 쓰릴 지경이구나. 속이 뒤틀리는 것 같아. 이러다……. 에취, 에취!"

허풍선이는 말을 끝마치지 못하고 연달아 두 번 재채기했다.

"괜찮으셔요?" 피노키오가 말했다.

"괜찮다. 그래 부모님은 두 분 모두 살아계시냐?" 허풍선이가 물었다.

"아빠는 살아계시지만, 엄마 얼굴은 한 번도 본 적이 없어요."

"내가 너를 저 불타는 숯불에 던져버리면 네 늙은 아버지가 얼마나 슬퍼하실까. 그 불쌍한 양반을 생각하니 마음이 안 좋구나."

허풍선이는 말을 마치기가 무섭게 또다시 연거푸 세 번 재채기했다. "에취, 에취, 에취!"

"에구, 건강하시길 바랄게요." 피노키오가 말했다.

"고맙다. 하지만 내 사정도 딱하단다. 저 먹음직스러운 양고기를 마저 구울 땔감이 없지 않니. 솔직히 이럴 때 네가 안성맞춤인데. 하지만 내 이미 너를 불쌍히 여겼으니 어쩔 수 없지. 너 대신 극단의 다른 인형을 땔감으로 써야겠다. 어이! 호위병!"

허풍선이의 말이 끝나기 무섭게 나무로 만든 호위병 둘이 나타났다. 젓가락처럼 삐쩍 마르고 길쭉한 호위병들은 세모난 경찰 모자를 쓰고 칼을 들고 있었다.

단장이 헐떡이며 말했다.

"아를레키노를 잡아라! 저 녀석을 꽁꽁 묶어 불에 던져서 양고기를 익혀 먹여야겠다!"

불쌍한 아를레키노! 허풍선이의 말에 놀란 나머지 다리에 힘이 풀려 그 자리에서 얼굴을 바닥에 처박고 쓰러지고 말았다.

그 가슴 찢어지는 광경을 본 피노키오는 허풍선이의 발 아래 엎드려 길게 늘어진 수염을 눈물로 적시며 애원했다.

"허풍선이 나리, 제발 자비를 베풀어주세요!"

"여기 나리 같은 건 없다." 단장이 냉정하게 쏘아붙였다.

"제발 자비를 베풀어주세요, 기사 나리."

"여기 기사 같은 건 없다!"

"제발 자비를 베풀어주세요, 장군님!"

"여기 장군 같은 건 없다."

"자비를 베푸소서, 폐하!"

폐하라는 말에 단장은 입이 떡 벌어지더니 갑자기 한결 따뜻하고 부드러운 태도를 보였다.

"그래, 대체 나보고 어쩌라는 거냐?" 허풍선이가 물었다.

"자비를 베풀어주세요. 불쌍한 아를레키노를 제발 살려주세요."

"그 녀석에게 베풀 자비 따위는 없다. 너를 살려주는 대신 녀석을 불에 넣어 양고기를 구워야겠다."

"나으리의 뜻이 정 그러시다면, 제가 무엇을 해야 하는지 이제 알겠어요." 피노키오가 벌떡 일어나 빵모자를 벗어 던지며 당당하게 외쳤다. "호위병님들! 이리 와주세요! 저를 묶어서 불에 던져주세요. 제 진정한 친구인 불쌍한 아를레키노를 저 대신 죽게 할 수는 없어요."

피노키오가 영웅다운 목소리로 크게 외치자 꼭두각시

인형들은 일제히 울음을 터뜨렸다. 나무로 만든 호위병들까지 갓 태어난 새끼 양처럼 눈물을 흘렸다.

허풍선이는 이 광경을 보고도 처음엔 꿈쩍도 하지 않고 얼음처럼 차갑게 굴었다. 하지만 나중에는 조금씩 감정이 복받쳐 올라 재채기를 하기 시작했다. 네 번, 다섯 번 연거푸 재채기한 다음 그는 피노키오를 향해 다정하게 두 팔을 벌려 보였다.

"너는 정말 착한 아이로구나. 이리 와서 내게 입을 맞추어주렴!"

피노키오는 부리나케 달려가 다람쥐처럼 날쌔게 허풍선이의 수염을 타고 올라가 허풍선이의 콧잔등에 '쪽' 하고 입을 맞춰주었다.

"그럼 제게 자비를 베풀어주시는 건가요?" 불쌍한 아를레키노가 다 죽어가는 소리로 물었다.

"그렇다!" 허풍선이는 한숨을 내쉬고는 고개를 절레절레 내저었다.

"어쩔 수 없지. 오늘은 설익은 양고기를 먹을 수밖에. 대신 다음에 걸리는 놈은 인정사정 안 봐줄 테니 그렇게 알아!"

자비를 베푼다는 말에 꼭두각시들은 모두 무대 위로 달려나가 잔칫날처럼 불이란 불을 다 밝힌 뒤 깡충깡충 뛰어다니며 춤추기 시작했다.

그렇게 그들은 날이 밝을 때까지 밤새 춤을 추었다.

제12장

단장 허풍선이는 아빠에게 갖다드리라며
피노키오에게 금화 다섯 닢을 선물한다.
하지만 여우와 고양이의 꾐에 넘어간 피노키오는
집으로 돌아가지 않고 그들과 함께 떠나버린다.

다음 날 허풍선이는 피노키오를 따로 불러 물었다.

"네 아버지 이름이 뭐냐?"

"제페토요."

"무슨 일을 하시지?"

"가난뱅이요."

"그래, 벌이는 좀 괜찮으시고?"

"벌이가 너무 좋아서 호주머니에 땡전 한 푼 없을 정도
예요. 제게 책을 사주려고 하나밖에 없는 외투를 팔아야 했
죠. 기울 대로 기워서 너덜너덜해진 외투를요."

"불쌍한 양반. 마음이 아프구나. 여기 금화 다섯 닢을 줄 테니 얼른 아버지께 가져다드리고 안부를 전해드리렴."

여러분의 예상대로 피노키오는 입이 닳도록 단장에게 고맙다고 한 뒤, 호위병을 포함한 극단의 인형들을 한 명도 빠짐없이 끌어안아주고 행복에 부풀어 집으로 향했다.

그런데 채 500미터도 못가서 한쪽 다리를 절룩거리는 여우와 앞 못 보는 고양이와 마주쳤다. 둘은 온갖 풍파를 함께 이겨낸 친구들처럼 서로에게 의지하며 길을 가고 있었다. 여우는 고양이의 부축을 받아 걷고, 고양이는 여우가 이끄는 대로 향했다.

"안녕, 피노키오." 여우가 정중하게 인사했다.

"내 이름을 어떻게 알지?"

"너희 아빠를 잘 알거든."

"우리 아빠를 봤어? 어디서?"

"어제 너희 집 현관에서 보았지."

"뭘 하고 계셨는데?"

"셔츠 바람으로 추워서 달달 떨고 계시더라."

"불쌍한 아빠! 하지만 오늘부터는 떨지 않으셔도 돼."

"왜?"

"내가 부자가 되었거든."

"부자라고? 네가?" 피노키오의 말에 여우는 얼굴을 흉하게 일그러뜨리며 크게 비웃었다. 고양이도 웃음보를 터뜨렸지만 그나마 녀석은 들키지 않으려고 수염을 손질하는 척 앞발로 입을 가리고 웃었다.

"비웃지 마!" 피노키오가 기분이 상해서 소리를 질렀다.

"여기 진짜 금화 다섯 닢을 보여줄 테니 부러워서 군침이나 흘리지 말라고." 피노키오는 이렇게 말하고 허풍선이가 준 동전을 꺼내 보였다.

듣기 좋은 동전 쨍그랑거리는 소리에 여우는 자기도 모르게 굽은 다리를 쭉 폈고 고양이는 초록색 호롱불 같은 두 눈을 번쩍 떴다가 감았지만 순식간에 일어난 일이라 피노키오는 전혀 눈치채지 못했다.

"그래, 그 돈으로 뭘 하려고?" 여우가 물었다.

"아빠에게 멋진 새 외투를 사드릴 거야. 금실과 은실로 짜고 보석 단추를 단 멋진 외투를 말이야. 그리고 남은 돈으로 알파벳 철자 교본을 사려고."

"네가 쓸 책이야?"

"응. 이제부터 학교에 가서 열심히 공부할 거야."

"그러기 전에 내 꼴을 좀 봐!" 여우가 말했다. "쓸데없이 공부나 열심히 하다 다리를 잃었어."

"내 꼴도 좀 봐!" 고양이가 말했다. "쓸데없이 공부나 열심히 하다 두 눈이 다 멀어버렸어."

바로 그때 길가 울타리에 둥지를 튼 하얀 찌르레기의 노랫소리가 들려왔다.

"못된 친구들의 말을 듣지 마, 피노키오. 언젠가는 반드시 후회할 거야."

불쌍한 찌르레기, 차라리 입 다물고 있는 편이 좋았을 텐데.

그 순간 고양이가 펄쩍 뛰어올라 찌르레기를 덮쳤다. 짹 소리 한 번 낼 틈도 없이 깃털 하나 남기지 않고 고양이는 찌르레기를 한입에 꿀꺽 삼켜버렸다.

찌르레기를 집어삼킨 고양이는 입가를 훔치고는 두 눈을 질끈 감고 원래대로 눈이 보이지 않는 행세를 했다.

"불쌍한 찌르레기. 너 왜 그런 짓을 했어?" 피노키오가 고양이에게 물었다.

"다시는 남의 일에 끼어들지 못하게 버릇을 고쳐놓은 거야."

집까지 반쯤 왔을 때 여우가 갑자기 걸음을 멈추더니 피노키오에게 말했다.

"너, 그 금화를 두 배로 불리고 싶지 않니?"

"그게 무슨 말이야?"

"몇 푼 안 되는 금화를 100개, 1000개, 2000개로 불리고 싶지 않냐고."

"당연히 그러고 싶지. 어떻게 하면 되는데?"

"아주 쉬워. 집에 가지 말고 우리랑 가면 돼."

"나를 어디로 데려갈 건데?"

"얼간이 마을."

피노키오는 잠시 고민하다 단호하게 말했다.

"싫어, 안 갈래. 거의 다 왔으니 아빠가 기다리는 집으로 갈래. 불쌍한 아빠, 어제 내가 돌아가지 않아서 얼마나 걱정했을까? 안타깝게도 나는 못된 아들이었어. 말하는 귀뚜라미가 옳아. 부모님 말씀을 듣지 않는 아이에게는 결코 좋은 일이 일어나지 않아. 어제 일로 그 말이 맞는다는 것을 뼈저리게 느꼈어. 정말이지 죽을 뻔했거든. 어제저녁에 허풍선이에게 당할 뻔할 일을 생각하면……. 으으! 생각만 해도 소름이 끼쳐!"

"정말 집에 갈 거야? 좋아. 그래봤자 너만 손해지 뭐." 여우가 말했다.

"너만 손해지 뭐." 고양이가 여우의 말을 따라 했다.

"잘 생각해봐, 피노키오. 굴러들어온 복을 걷어찰 이유가 뭐가 있어?"

"걷어찰 이유가 뭐가 있어?" 고양이가 또 여우의 말을 따라 했다.

"금화 다섯 닢이 하룻밤 새 2000닢이 될 텐데 말이야."

"2000닢이 될 텐데 말이야!" 고양이가 따라 했다.

"어떻게 그렇게 돈이 불어날 수 있어?" 피노키오의 입이 놀라서 떡 벌어졌다.

"내 말 잘 들어봐." 여우가 말했다.

"얼간이 마을에 기적의 들판이라 불리는 축복받은 땅이 있어. 그 들판에 작은 구멍을 파고 금화 한 닢을 넣는 거야. 그런 다음 구멍을 흙으로 잘 덮고 샘물 두 양동이를 붓고 소금을 한 줌 뿌린 다음 푹 자러 가는 거야. 그러면 밤새 동전에 싹이 나고 꽃이 피거든. 다음 날 아침에 일어나 들판에 가보면 뭐가 있을까? 금화가 주렁주렁 달린 커다란 나무가 있을 거야. 잘 익은 오뉴월 밀 이삭에 달린 밀알처럼 수많은 금화가 달려 있을 거라고."

"금화 다섯 닢을 들판에 묻으면 다음 날 금화가 얼마나 열리는 거지?" 피노키오가 넋이 나가서 말했다.

"아주 쉬워. 그 정도 계산이야 식은 죽 먹기지. 금화 한 닢에서 금화 500개가 달린 금화 송이가 자란다고 치자. 500 곱하기 5를 하면, 내일 아침, 네 주머니는 반짝반짝 빛이 나고 짤랑짤랑 소리가 나는 금화 2500닢으로 가득 차는 거지." 여우가 말했다.

"멋지다!" 피노키오가 기뻐서 춤을 추며 외쳤다. "금화를 수확하면 나는 2000개만 갖고 500개는 선물로 줄게."

"선물이라니!" 여우가 짐짓 화난 척 외쳤다. "말도 안 되는 소리!"

"말도 안 되는 소리!" 고양이가 여우의 말을 따라 했다.

"우리가 뭘 바라고 이러는 줄 알아? 다 너 잘되라고 이러는 거야."

"너 잘되라고 이러는 거야." 고양이가 따라 했다.

'정말 좋은 친구들이야.' 피노키오가 속으로 생각했다.

피노키오는 아빠와 새 외투와 책과 새로운 결심을 깡그리 잊어버리고 여우와 고양이에게 말했다.

"좋아, 너희와 함께 갈래. 지금 당장 출발하자."

제13장

빨간 가재 여관.

피노키오 일행은 걷고 걷고 또 걸었다. 해 질 무렵 빨간 가재 여관에 도착했을 때는 지칠 대로 지쳐 있었다.

"여기서 조금 쉬었다 가자. 배도 좀 채우고 몇 시간이라도 눈을 붙이자. 자정에 출발하면 내일 새벽에는 기적의 들판에 도착할 거야." 여우가 말했다.

셋은 여관에 들어가 식탁에 마주 앉았지만 다들 입맛이 없었다.

불쌍한 고양이는 속이 안 좋아서 토마토소스를 곁들인 숭어 35마리와 파르메산 치즈를 넣은 양곱창 4인분을 힘겹게 씹어 넘겼다. 양곱창 요리가 싱거웠는지 중간에 세 번이나 버터와 치즈 가루를 가져다달라고 했다.

여우는 자기는 이것저것 먹고 싶은 게 많은데 의사가 식단에 신경을 쓰라고 했다면서 달콤새콤한 소스에 익힌 산토끼 요리에 살이 통통하게 오른 병아리와 어린 수탉 요리를 가볍게 곁들여 먹었다. 토끼 요리를 해치운 다음 입가심용으로 자고새, 꿩, 개구리, 도마뱀, 최고급 포도를 넣고 끓인 걸쭉한 스튜로 식사를 마무리했다. 여우는 음식만 보면 토할 것 같아서 더는 아무것도 입에 댈 수 없다고 했다.

셋 중에 가장 음식을 적게 먹은 것은 피노키오였다. 피노키오는 호두 한 알과 빵 한 조각만을 주문했는데 그마저도 접시에 고스란히 남겼다. 불쌍한 피노키오는 기적의 들판 생각에 사로잡혀서 아무것도 할 수 없었다. 아직 손에 들어오지도 않은 금화 때문에 소화불량에 걸린 것이다.

저녁 식사를 마친 후 여우가 여관 주인에게 말했다.

"좋은 방 두 개만 준비해주시오. 하나는 여기 이 피노키오 씨가 머물 곳이고 하나는 나와 내 친구가 쓸 거요. 떠나기 전에 잠시 눈을 붙여야겠소. 하지만 다시 길을 가야 하니 꼭 자정에 깨워주시오."

"알겠습니다. 그렇게 합죠." 여관 주인은 이렇게 대답하고는 '잘 알아들었으니 염려 마십쇼'라는 듯 여우와 고양이를 향해 눈을 찡긋해 보였다.

피노키오는 침대에 눕자마자 곯아떨어져 꿈을 꾸기 시작했다. 꿈속에서 피노키오는 가지마다 금화가 주렁주렁 달린 어린나무들이 빽빽이 들어선 들판에 서 있었다. 바람이 불 때마다 짤랑거리는 동전 소리가 마치 '어서 와서 우리를 따 가세요'라고 말하는 것처럼 들렸다. 하지만 피노키오가 손을 뻗어 그 아름다운 금화를 한 움큼 따서 호주머니에 막 집어넣으려는 순간 누군가 힘차게 방문을 세 번 두드리는 바람에 잠에서 깨고 말았다. 자정이 됐다는 것을 알리는 여관 주인이었다.

"제 친구들도 떠날 채비를 마쳤나요?"

"채비를 마친 정도가 아니라 벌써 두 시간 전에 떠났습죠." 여관 주인이 대답했다.

"왜 그렇게 서둘러 떠났죠?"

"고양이 나리네 장남이 동상에 걸려서 생명이 위태롭다는 전보를 받았거든요."

"밥값은 내고 갔나요?"

"그럴 리가요. 알 만한 양반들이 어떻게 나리께 아무 말도 없이 돈을 내는 실례를 범하겠습니까?"

"이런. 그런 실례는 얼마든지 해도 되는데." 피노키오가 머리를 긁적이며 말했다.

"저를 어디서 기다린다고 하던가요?"

"내일 아침 새벽녘에 기적의 들판에서 기다린다고 했습니다."

피노키오는 일행의 밥값을 모두 치르고 길을 나섰다.

하지만 막상 여관 밖에 나가보니 한 치 앞이 안 보일 정도로 어두워서 장님처럼 더듬거리며 길을 가야만 했다. 나뭇잎 바스락거리는 소리조차 들리지 않는 고요한 밤이었다. 나무 울타리 위로 날아다니며 길을 가로지르는 밤새들만이 이따금 피노키오의 코에 날개를 스치고 지나갈 뿐이었다. 그러면 피노키오는 무서워서 뒤로 펄쩍 물러나며 외쳤다.

"거기 누구냐?"

하지만 그럴 때마다 멀리 언덕 너머로 메아리 소리만 들려올 뿐이었다.

"누구냐? 누구냐? 누구냐?"

한참 걷다 보니 나무 그루터기 위에서 어슴푸레한 빛을 내뿜는 작은 동물이 보였다. 마치 투명한 도자기로 만든 등잔불에서 새어 나오는 흐릿한 불빛 같았다.

"넌 누구냐?" 피노키오가 물었다.

"나는 말하는 귀뚜라미의 영혼이야."

작은 동물이 저세상에서 들려오는 듯한 가냘픈 목소리로 말했다.

"원하는 게 뭐야?" 피노키오가 말했다.

"너한테 충고를 해주고 싶어. 당장 왔던 길로 다시 돌아가서 남은 금화 네 닢을 아버지에게 드려. 불쌍한 네 아버지는 네가 돌아오지 않아 울면서 너를 기다리고 계셔."

"내일이면 우리 아빠는 부자가 될 거야. 이 금화 네 닢이 2000닢으로 불어날 테니까."

"하루아침에 부자로 만들어주겠다는 말을 곧이곧대로 믿지 마. 미친놈 아니면 사기꾼일 테니. 제발 내 말을 새겨들어, 피노키오. 집으로 돌아가."

"싫어. 그래도 갈 거야."

"너무 늦었어."

"그래도 갈래."

"밤이 깊었어."

"그래도 갈래."

"갈 길이 험한데."

"그래도 갈래."

"자기 멋대로 하는 변덕스러운 아이는 언젠가는 후회하게 돼. 내 말 명심하렴."

"지긋지긋한 소리! 잘 가, 귀뚜라미야."

"안녕, 피노키오. 하느님이 밤이슬과 강도들로부터 너를 보호해주시길."

말을 마치자마자 말하는 귀뚜라미는 입김에 촛불이 꺼지듯 빛을 잃었고 길은 아까보다 더 깜깜해졌다.

제14장

말하는 귀뚜라미의 충고를 무시한 피노키오는
결국 강도를 만난다.

다시 길을 떠난 피노키오는 속으로 생각했다.

'우리 어린이들은 정말 불쌍하지 뭐야. 보는 사람마다
윽박지르고 꾸짖고 훈계를 하잖아. 그냥 내버려두면 너도나
도 아빠나 선생님 행세를 하려 들걸? 심지어는 말하는 귀뚜
라미까지도. 그 성가신 귀뚜라미의 말을 듣지 않은 것도 다
그 때문이야. 녀석의 말만 듣고 있다 보면 불운이란 불운은
다 일어날 것 같단 말이야. 하다 하다 이제는 강도를 만날 거
라고? 강도 같은 건 없어. 내 생각은 그래. 그건 다 아빠들이
아이가 밤에 밖에 못 나가게 겁을 주려고 만들어낸 이야기
야. 설사 길에서 정말 강도를 만난다 해도 난 겁나지 않아. 아
무렴, 나는 녀석들에게 이렇게 말할 거야. "이봐요, 강도 양반

들! 원하는 게 뭐요? 나를 잘못 건드리면 혼이 날 테니 각오하쇼! 닥치고 꺼지란 말이오!" 분위기를 잡고 이렇게 말하면 불쌍한 강도들은 줄행랑을 칠 거야. 그 자식들이 도망치는 모습이 눈에 선하다. 그런 말이 안 통할 정도로 못 배운 녀석들이 걸려도 상관없어. 내가 도망가면 그만이지.'

그때 등 뒤에서 나뭇잎 바스락거리는 소리가 들려와 피노키오의 생각은 여기서 멈췄다.

뒤돌아보니 어둠 속에 석탄 자루를 뒤집어쓴 시꺼먼 두 형상이 보였다. 까치발을 하고 껑충껑충 뛰면서 피노키오의 뒤를 쫓는 모습이 꼭 유령처럼 보였다.

'정말 강도가 나타났잖아!'

피노키오는 금화를 어디에 감춰야 할지 몰라 입속에 집어넣었다. 더 정확히 말하면 혀 아래에 감추고 도망치려다, 한 걸음도 못 가서 강도들에게 팔을 붙잡히고 말았다.

"가방을 내놓지 않으면 죽여버리겠다!" 녀석들이 잘 알

아들을 수 없는 무시무시한 목소리로 말했다.

입속에 숨긴 동전 때문에 아무 말도 할 수 없었던 피노키오는 복면 때문에 눈만 빼꼼히 보

이는 두 강도에게 자신은 가난한 꼭두각시 인형에 지나지 않고 주머니에 땡전 한 푼 없다는 사실을 손짓발짓으로 알리려 했다.

"가만히 있어! 소란 그만 떨고 돈이나 내놔!" 강도들이 위협적으로 외쳤다.

피노키오는 돈이 없다는 뜻으로 고개를 절레절레 가로젓고 손을 휘휘 내저어 보였다.

"돈을 내놓지 않으면 죽여버릴 테다!" 키가 큰 강도가 말했다.

"죽여버릴 테다!" 다른 놈이 따라 했다.

"널 죽인 뒤에 네 아비까지 죽여버리겠다!"

"네 아비까지 죽여버리겠다!"

"안 돼요! 불쌍한 우리 아빠는 절대 안 돼요!" 피노키오가 절망적으로 외치는 순간 입에서 동전 짤랑거리는 소리가 났다.

"교활한 자식 같으니라고! 동전을 혀 밑에 숨긴 게로구나? 당장 뱉지 못해?"

하지만 피노키오는 이번에도 꿋꿋이 버텼다.

"끝까지 버티겠다 이거지? 오냐, 잠깐만 기다려봐라. 어떡하든 뱉어내게 할 테니."

그러더니 둘 중 한 놈은 피노키오의 코를 잡고 다른 한 놈은 피노키오의 턱을 붙잡았다. 둘은 힘껏 위아래로 잡아당겨 피노키오의 입을 억지로 벌리려 했지만 부질없는 짓이었다. 피노키오의 입은 못질이나 땜질이라도 한 것처럼 꼼짝도 하지 않았다.

그러자 둘 중 몸집이 작은 녀석이 칼을 꺼내더니 지렛대나 끌처럼 피노키오의 입술 사이에 끼워 넣으려 했다. 하지만 피노키오는 번개처럼 잽싸게 피해 녀석의 손을 꽉 깨물어버렸다. 어찌나 세게 깨물었는지 강도의 손이 뜯겨 나가고 말았다.

피노키오가 잘린 손을 뱉어보니 아니 대체 이게 어찌 된 일인가! 땅바닥에 떨어진 것은 사람 손이 아니라 고양이 앞발이었다.

승기를 잡고 의기양양해진 피노키오는 마구 몸부림을 쳐서 강도들의 손아귀에서 벗어나 길가의 나무 울타리를 뛰어넘어 열린 들판으로 내달렸다. 강도들은 산토끼를 뒤쫓는 사냥개처럼 피노키오의 뒤를 쫓았다. 앞발은 잃은 녀석도 한 발로 달리는 것이라고는 믿을 수 없는 속도로 빠르게 뒤쫓아 왔다.

15킬로미터쯤 가서 도저히 더는 달릴 수가 없었던 피노키오는 하는 수 없이 커다란 소나무를 타고 올라 나무 꼭대기에 앉았다. 강도들도 나무를 기어오르려 했지만 반쯤 올라

가다 주르르 미끄러져
서 땅바닥으로 떨어지
는 바람에 손바닥과
발바닥 살갗이 죄다
벗겨지고 말았다.

그런데도 녀석들
은 포기하기는커녕 마
른 나뭇가지를 한아름
주워다 소나무 아래
쌓아놓고 불을 붙였
다. 불꽃이 점점 높이
치솟는 것을 본 피노

키오는 참새구이 신세가 되지 않으려고 나무 꼭대기에서 펄
쩍 뛰어내려 다시 들판과 포도밭을 가로질러 달렸고, 강도들
은 그런 피노키오의 뒤를 지치지도 않고 쫓았다.

그새 날이 밝아왔지만 쫓고 쫓기는 추격전은 계속되었
다. 그러다 피노키오 앞에 넓고 깊은 웅덩이가 나타났다. 커
피 우유 같은 더러운 흙탕물로 가득한 웅덩이 앞에서 피노키
오는 걸음을 멈췄다. 이제 어떻게 하지?

"하나, 둘, 셋!" 피노키오는 큰 소리로 외친 뒤 있는 힘을
다해 웅덩이를 펄쩍 뛰어넘었다.

살인자들도 덩달아 뛰었지만, 거리를 가늠하지 못해 보기 좋게 웅덩이에 빠지고 말았다.

　풍덩! 첨벙!

　피노키오는 물 튀기는 소리에 계속 달리면서 웃었다.

　"목욕 잘 하세요, 강도님들!"

　피노키오는 강도들이 물에 빠져 죽었을 거라고 생각하고 외쳤다. 그런데 뒤를 돌아보니 여전히 쫓아오고 있는 것이 아닌가! 강도들은 복면을 뒤집어쓴 채 밑 빠진 독처럼 물을 질질 흘리면서 피노키오를 뒤쫓았다.

제15장

강도들은 피노키오를 뒤쫓는다.
강도들에게 붙잡힌 피노키오는 커다란 떡갈나무
가지에 매달리는 신세가 된다.

그 광경을 본 피노키오는 힘이 쭉 빠져서 땅바닥에 벌렁 드
러누워 항복해버리려 했다. 바로 그 순간 멀리 녹음이 짙게
우거진 숲 사이로 눈처럼 새하얀 작은 집이 눈에 들어왔다.

'저 집까지만 가면 목숨을 건질 수 있겠어.' 이렇게 생각
한 피노키오는 두 강도를 꽁무니에 달고 한 치의 망설임도
없이 미친 듯이 숲으로 달려갔다.

피노키오는 두 시간 동안 죽을힘을 다해 달려서 작은 집
에 도착했다. 숨을 헐떡이며 현관문을 두드렸지만, 아무런
소리도 들리지 않았다.

추격자들의 발걸음과 거친 숨소리가 가까워졌기에 피노

키오는 아까보다 더 세게 문을 두드렸다.

　아무리 두드려도 소용이 없다는 것을 깨달은 피노키오는 절망적으로 발로 문을 차고 머리로 들이받았다. 그러자 마침내 예쁘장한 소녀가 창문 너머로 얼굴을 내밀었다. 짙은 파란 머리에 얼굴이 밀랍처럼 새하얀 소녀였다. 소녀는 눈을 감고 양손을 가슴에 포갠 채 입술도 움직이지 않고 저세상에서 들려오는 듯한 가냘픈 목소리로 말했다.

"이 집에는 아무도 없어. 모두 죽었어."

"그럼 너라도 열어줘!" 피노키오가 울먹이며 애원했다.

"하지만 나도 죽었는걸."

"죽었다고? 죽은 사람이 거기 창가에 서서 대체 뭘 하는 거야?"

"나를 데려가줄 관이 오기를 기다리고 있어." 말을 마치자마자 소녀는 사라졌고 창문은 스르르 닫혀버렸다.

"파란 머리의 어여쁜 소녀야!" 피노키오가 외쳤다.

"제발 문 좀 열어줘. 강도들에게 뒤쫓기는 불쌍한 아이를 가엽게 여……."

피노키오가 말을 채 끝내기도 전에 누군가 피노키오의 목덜미를 붙잡고 예의 그 끔찍한 목소리로 위협했다.

"잡았다, 요놈! 이제 다시는 못 도망치겠지?"

피노키오는 목숨이 위험하다는 것을 깨닫고 사시나무 떨듯 온몸을 바들바들 떨기 시작했다. 어찌나 떨었던지 나무로 만든 관절에서 딱딱거리는 소리가 나고 혀 밑에 감추어놓은 동전이 짤랑거렸다.

"자, 이제 입을 벌릴 테냐, 말 테냐?"

강도들이 물었다.

"대답하지 않겠다는 거냐? 그렇다면 좋다. 우리가 그 입을 열어주지."

놈들은 각자 면도날처럼 날카롭고 무시무시하게 생긴 긴 칼을 꺼내 들고 피노키오의 허리를 푹 찔렀다.

하지만 다행히도 피노키오의 몸은 딱딱한 나무로 만들어져 있었기 때문에 칼날은 산산조각이 났고 두 강도는 칼자루만 손에 쥔 채 서로의 얼굴을 마주 보았다.

"좋은 생각이 났어." 둘 중 한 놈이 말했다.

"녀석의 목을 매다는 거야, 목을!"

"목을 매달자!" 다른 놈이 동료의 말을 따라 했다.

말이 끝나기가 무섭게 둘은 피노키오의 손을 등 뒤로 묶더니 목에 올가미를 씌운 뒤 '커다란 떡갈나무'라고 불리는 나무의 가지에 대롱대롱 매달아놓았다.

그러고는 풀밭에 자리를 잡고 앉아서 피노키오가 발버둥 치며 죽기를 기다렸다. 하지만 피노키오는 세 시간이 지나도록 발버둥은커녕 두 눈을 부릅뜬 채 입을 꾹 다물고 버텼다.

"그럼 내일 보자. 내일 왔을 때는 제발 입을 떡 벌리고 죽어 있어 주렴." 기다리다 지친 강도들은 비아냥거리며 떠나버렸다.

그새 세찬 북풍까지 불어오기 시작했다. 바람은 성난 소리를 내며 불쌍한 피노키오의 몸을 축젯날 종에 달린 추처럼 거칠게 흔들어댔다. 흔들릴 때마다 피노키오의 고통은 심해

졌고 올가미가 점점 더 목을 조여와 숨을 쉴 수가 없었다.

시간이 갈수록 점점 피노키오는 눈이 흐릿해졌다. 죽음
이 다가오는 것을 느끼면서도, 피노키오는 마지막 순간까지
마음씨 좋은 사람이 나타나 자신을 구해줄 거라는 희망을 버
리지 않았다. 하지만 아무리 기다려도 개미 새끼 한 마리 나
타나지 않자 그제야 불쌍한 아버지가 떠올랐다.

피노키오는 죽어가면서 중얼거렸다.

"불쌍한 아빠. 아빠가 여기 계셨으면……."

그 말을 채 마치기도 전에 피노키오의 눈이 감겼고, 입
이 벌어지고 다리가 축 늘어졌다. 한 번 움찔하더니 몸이 뻣
뻣하게 굳고 말았다.

제16장

파란 머리의 예쁜 소녀는 피노키오를 데리고 와서 침대에 눕힌다.
소녀는 피노키오가 죽었는지 살았는지 알아보려고 세 의사를 부른다.

불쌍한 피노키오가 커다란 떡갈나무 가지에 매달린 채 다 죽
어가고 있을 때 파란 머리의 예쁜 소녀가 다시 창가에 고개를
내밀었다. 소녀는 피노키오가 세찬 북풍이 불 때마다 요동치
는 모습에 불쌍한 마음이 들어 '짝짝짝' 손뼉을 세 번 쳤다.

그러자 힘찬 날갯짓 소리와 함께 커다
란 매 한 마리가 창턱에 내려앉았다.

"사랑스러운 요정님, 무슨
일로 저를 부르셨나요?" 매
가 존경의 표시로 머리를 조
아리며 말했다. 알고 보니 파
란 머리 소녀는 천 년 전부터

이 숲에서 살고 있던 착한 요정이었다.

"저기 저 커다란 떡갈나무 가지에 매달려 있는 꼭두각시가 보이지?"

"네, 보여요."

"그렇다면 어서 날아가 네 그 강한 부리로 인형을 매달아놓은 올가미 밧줄을 끊어버리고 그 애를 떡갈나무 아래 풀밭에 살포시 내려놔주렴."

파란 요정의 말이 끝나자마자 부리나케 날아간 매가 잠시 후에 돌아와 이렇게 말했다.

"시키는 대로 했습니다, 요정님."

"그래, 그 애는 어떻니? 살았니, 죽었니?"

"언뜻 보면 죽은 것처럼 보이는데 아직 완전히 숨이 끊긴 것 같지는 않았어요. 목에 감긴 올가미를 풀어주니까 한숨을 내쉬더니 들릴락 말락 하게 '이제 좀 살겠네'라고 속삭였거든요."

그 말에 파란 요정이 손뼉을 '짝짝' 두 번 쳤다. 그러자 이번에는 사람처럼 두 발로 걷는 잘생긴 푸들이 나타났다.

푸들은 주인을 파티에 모시고 가는 마부 같은 제복을 갖춰 입고 있었다. 목덜미까지 흘러내리는 곱슬곱슬한 하얀 가발 위로는 황금으로 장식한 삼각 모자를 썼다. 초콜릿 색상의 웃옷에는 반짝이는 보석 단추와 주인이 점심으로 주는 뼈

다귀를 넣을 커다란 주머니 두 개가 달려
있었다. 웃옷 아래로 주홍색 반바지를
입고 비단 양말에 목이 짧은 구두를
신었고 바지 뒤에는 비가 올 때 꼬리
를 넣을 수 있게 파란색 공단으로 만
든 우산 집 같은 것도 달려 있었다.

"서둘러, 메도로!" 파란 요정이
푸들에게 명했다.

"내 마구간에서 제일 멋진 마
차를 타고 숲으로 가. 커다란 떡갈나무 아래 풀밭에 다 죽어
가는 불쌍한 꼭두각시가 있을 거야. 그 애를 살살 들어서 마
차 쿠션에 반듯이 눕혀서 이리로 데려와줘. 알아들었지?"

푸들은 알아들었다는 표시로 파란 공단 꼬리 집을 서너
번 흔들어 보이고는 경주마처럼 쏜살같이 달려갔다.

잠시 후 마구간에서 하늘색 마차가 나왔다. 카나리아 깃
털로 채운 소파와 생크림과 바삭한 과자로 안을 장식한 멋진
마차였다.

푸들은 마부석에 앉아서 제시간에 도착하지 못할까 봐
안달이 난 마부처럼 마차를 모는 100쌍의 하얀 생쥐에게 채
찍을 휘둘렀다.

마차는 채 15분도 지나지 않아서 집으로 돌아왔다. 현관

에서 기다리고 있던 파란 요정은 불쌍한 피노키오를 안아 올려 사방이 자개로 장식된 아담한 방으로 옮긴 뒤 즉시 근방에서 가장 용하다는 의사들을 불러오라고 시켰다.

잠시 후 의사들이 하나둘 모습을 드러냈는데, 다름 아닌 까마귀와 올빼미와 말하는 귀뚜라미였다.

피노키오가 누운 침대 주위에 모인 의사 세 명을 향해 파란 요정이 말했다.

"이 불쌍한 꼭두각시가 죽었는지 살았는지 존경하는 선생님들께서 말씀해주셔요!"

그 말에 까마귀가 제일 먼저 나서서 피노키오의 맥을 짚어보았다. 까마귀는 피노키오의 코와 새끼발가락을 찬찬히 찬찬히 만져본 후 자못 엄숙한 목소리로 결론을 내렸다.

"내가 보기에 이 꼭두각시는 확실히 죽은 것 같소. 다만 불행히도 죽지 않았다면 그건 곧 살아 있다는 증거일 것이오."

올빼미가 반박했다.

"친애하는 벗이자 동료인 까마귀 선생의 말에 반박하자니 안타깝지만 내가 보기에 이 꼭두각시 인형은 살아 있소. 다만 불행히도 살아 있는 게 아니라면 그건 곧 죽었다는 증거일 것이오."

"선생님은 왜 아무 말씀을 안 하시죠?" 파란 요정이 말하는 귀뚜라미에게 물었다.

"신중한 의사라면 진단을 내릴 수 없을 때는 입을 다물고 있는 것이 상책임을 아는 법. 사실 저 꼭두각시와 나는 초면이 아니라오. 예전부터 녀석을 알고 있었소."

이제껏 나무토막처럼 꿈쩍하지 않고 누워 있던 피노키오가 갑자기 침대가 흔들릴 정도로 격렬한 발작을 일으켰다.

"저 꼭두각시는 정말이지 못 말릴 악동이라오." 말하는 귀뚜라미가 그렇게 이야기하는 순간 피노키오는 살짝 떴던 눈을 다시 바로 감아버렸다.

"말썽꾸러기에다 게으름뱅이에다 불량배 같은 놈이죠."

피노키오는 침대 시트 아래로 얼굴을 감췄다.

"청개구리 같은 놈이라 언젠가는 제 불쌍한 아비를 가슴 아파 죽게 할 거라오."

순간 흐느껴 우는 소리에 모두 화들짝 놀랐다. 이불을 살짝 들춰보니 흐느낌의 주인공은 다름 아닌 피노키오였다.

"죽은 자가 우는 것은 낫고 있다는 증거라오." 까마귀가 엄숙하게 말했다.

"친애하는 벗이자 동료인 까마귀 선생의 말에 반박하자니 안타깝지만 나는 죽은 자가 우는 것은 자신의 죽음을 슬퍼하는 증거라고 생각하오." 올빼미가 말했다.

제17장

피노키오는 설탕만 먹고 약을 먹지 않으려 하다가
관을 든 토끼들이 무덤으로 데려가려 하자 그제야 약을 먹는다.
피노키오는 거짓말을 하고 그 벌로 코가 길어진다.

세 의사가 방에서 나가자마자 파란 요정은 피노키오의 곁으
로 다가갔다. 피노키오의 이마를 짚어본 요정은 피노키오의
몸이 펄펄 끓는 것을 보고 컵에 물을 반쯤 채운 뒤 하얀 가루
를 풀었다.

"마셔. 며칠만 지나면 깨끗이 나을 거야." 요정이 피노키
오에게 컵을 내밀며 상냥하게 말했다.

피노키오는 컵을 흘깃 쳐다보고는 입술을 삐죽거리다
징징거렸다.

"달아요, 써요?"

"써. 대신 몸에 아주 좋단다."

"쓰면 안 마실래요."

"마셔야 해. 내 말 들어."

"쓴 것은 싫단 말이에요."

"그래도 마셔봐. 대신 다 마시고 나면 쓴맛이 가시게 각설탕 한 알을 줄게."

"각설탕은 어디 있는데요?"

"여기에 있잖니." 파란 요정이 금으로 만든 설탕 그릇에서 각설탕을 꺼내 보이며 말했다.

"그럼 각설탕부터 먹고 나서 쓴 물을 마실래요."

"약속한 거다?"

"네."

피노키오는 파란 요정이 준 각설탕을 단숨에 와작와작 씹어 삼키고는 혀로 입술을 핥으며 말했다.

"설탕이 약이라면 얼마나 좋을까? 그러면 삼시 세끼 약을 먹어도 될 텐데."

"이제 약속대로 약을 마시렴. 몇 모금 안 되잖아. 이 약을 마셔야 다시 건강해질 수 있단다."

피노키오는 마지못해 컵을 받아들고 코끝을 컵 안에 밀어 넣었다. 그런 다음 컵을 다시 입에 갖다 댔다 코끝을 컵 안에 밀어 넣기를 반복하더니 결국 이렇게 말했다.

"써도 너무 써요! 도저히 못 먹겠어요."

"마셔보지도 않고 어떻게 알아?"

"안 마셔봐도 알 수 있어요. 냄새가 난단 말이에요. 각설탕 하나만 더 주세요. 그러면 마실게요."

파란 요정은 엄마 같은 인내심을 가지고 피노키오의 입에 각설탕을 넣어준 뒤 다시 컵을 내밀었다.

"이 상태로는 마실 수 없어요!" 피노키오가 인상을 찌푸리며 말했다.

"왜?"

"저 아래 발 위에 놓인 베개가 신경 쓰여서요."

피노키오의 말에 요정이 베개를 치워주었다.

"그래봤자 소용없어요. 그래도 못 마시겠어요."

"이번에는 또 뭐가 문제지?"

"방문이요. 제대로 안 닫혔잖아요."

파란 요정은 문도 닫아주었다.

"그래도 싫어요! 전 쓴 물은 마시기 싫단 말이에요. 싫어요! 안 마실 거예요."

바락바락 소리를 치던 피노키오는 결국 울음을 터뜨리고 말았다.

"우리 피노키오, 약을 마시지 않으면 후회할 거야."

"상관없어요."

"넌 지금 많이 아프단다."

"상관없어요."

"열 때문에 얼마 안 가서 저세상에 갈 수도 있어."

"상관없다니까요!"

"죽는 게 무섭지 않니?"

"무섭지 않아요! 그 쓴 약을 먹느니 차라리 죽는 게 낫겠어요."

바로 그때 방문이 활짝 열리더니 잉크처럼 새까만 토끼 네 마리가 어깨에 작은 관을 짊어지고 들어왔다.

"네놈들은 뭐야?" 피노키오가 겁에 질려 침대에서 벌떡 일어나 앉으며 물었다.

"너를 데리러 왔다." 토끼 중에서 제일 통통한 녀석이 대답했다.

"날 데리러 왔다고? 하지만 나는 아직 죽지 않았는걸?"

"아직은 안 죽었지만, 숨이 붙어 있을 시간이 얼마 남지 않았지. 이게 다 네가 약을 먹기 싫어했기 때문이야. 약만 마셨으면 열이 내렸을 텐데."

"요정님! 요정님!" 피노키오가 외쳤다.

"당장 그 컵을 주세요. 어서요, 제발. 죽기 싫어요! 죽기 싫단 말이에요!"

피노키오는 컵을 두 손으로 받아들고 한숨에 꿀꺽 약을 삼켰다.

"어쩔 수 없지." 토끼들이 말했다. "괜히 헛걸음만 했군."

토끼들은 작은 관을 다시 어깨에 짊어지고는 중얼중얼

투덜거리며 방에서 나갔다.

정말 피노키오는 몇 분 만에 완전히 나아서 침대에서 뛰어내렸다. 여러분은 몰랐겠지만, 나무 인형들은 좀처럼 병에 걸리지 않고 병에 걸려도 금세 낫는다.

피노키오가 어린 수탉처럼 기운이 펄펄 넘쳐서 폴짝폴짝 뛰면서 즐겁게 방안을 휘젓고 다니는 모습에 파란 요정이 말했다.

"그것 봐, 내가 준 약이 효과가 있지?"

"효과가 있는 정도가 아니라 다시 태어난 것 같아요!"

"그런데 왜 그렇게 마시기 싫어한 거니?"

"우리 어린이들은 원래 다 그래요. 아픈 것보다 약을 더 무서워해요."

"부끄러운 줄 알아야지. 제때 좋은 약을 먹으면 심각한 병도 낫고 죽다가도 살아날 수 있단다. 아무리 어려도 그 정도는 알아야지."

"다음에는 요정님을 힘들게 하지 않을게요. 관을 메고 다니는 시꺼먼 토끼들을 어떻게 잊겠어요. 다음에는 당장 컵을 받아서 이렇게 꿀꺽 삼킬 거예요."

"알겠으니 그만하고 이리 와서 어쩌다 그 강도들 손아귀에 붙잡혔는지 이야기해보렴."

"그건 이렇게 된 거예요. 인형극 단장 허풍선이가 제게 금화를 주면서 '아빠께 가져다드리렴'이라고 했어요. 그런데 집에 가던 길에 여우와 고양이를 만난 거예요. 좋은 친구들이었죠. 여우와 고양이가 말했어요. '얼마 안 되는 금화를 1000닢, 2000닢으로 불리고 싶지 않니? 그렇다면 우리와 함께 가자. 너를 기적의 들판으로 데려다줄게.' 저는 좋다고 했고 그러자 둘이 '여기 이 빨간 가재 여관에서 쉬었다 자정에 다시 떠나자' 했죠. 그런데 잠에서 깨보니 둘 다 벌써 떠나고 없는 게 아니겠어요? 그래서 밤길을 떠나야 했던 거예요. 칠흑같이 어두워서 아무것도 보이지 않았는데도요. 그러던 중에 석탄 자루를 뒤집어쓴 강도 둘이 나타나 '돈 내놔!'라고 했어요. 저는 금화 네 닢을 입안에 숨겨놓고 '없어요' 했죠. 그러자 둘 중 한 놈이 입속에 든 금화를 꺼내려고 손을 집어넣기에 온 힘을 다해 그놈의 손모가지를 물어뜯어버렸어요. 그런데 잘린 손을 뱉어보니 손이 아니라 고양이 앞발이 나오지 뭐예요. 그러는 동안 강도들은 계속 뒤를 쫓아왔고 저는 죽기살기로 도망갔지만 결국 따라잡히고 말았죠. 놈들은 제 목에 올가미를 걸어 숲속 나무에 매달고는 '내일 다시 돌아오마. 내일이면 입을 벌리고 죽어 있을 테니까 그때 혀 밑에 숨겨놓은 금화를 가져가야겠다'라고 했어요."

"그래서 금화 네 닢은 지금 어디 있니?" 요정이 물었다.

"잃어버렸어요."

거짓말이었다. 금화 네 닢은 피노키오의 주머니 속에 있었으니까.

그런데 거짓말을 하자마자 그렇지 않아도 기다란 피노키오의 코가 손가락 두 개만큼이나 쑥 자라나는 것이 아닌가.

"어디에서 잃어버렸는데?"

"근처 숲에서요."

두 번째로 거짓말을 하자 피노키오의 코는 또 길어졌다.

"근처 숲에서 잃어버렸다면 같이 찾아보자. 분명히 찾을 수 있을 거야. 이 숲에서 잃어버린 물건은 언제나 다시 찾았으니까."

"잘 생각해보니 잃어버린 게 아니라 요정님이 준 약을 먹을 때 나도 모르게 삼켜버린 것 같아요." 피노키오가 또 거짓말을 했다.

세 번째 거짓말에 코가 깜짝 놀랄 정도로 쑥 늘어나는 바람에 불쌍한 피노키오는 옴짝달싹할 수 없게 되었다. 고개를 이쪽으로 틀면 코가 침대나 창문 유리에 부딪혔고 저쪽으로 돌리면 벽이나 침실 문에 부딪혔다. 머리를 조금만 들면 코로 요정의 눈을 찌를 판이었다.

요정은 그런 피노키오를 바라보며 웃음을 터뜨렸다.

"왜 웃는 거죠?" 쑥쑥 자라나는 코 때문에 당황하고 걱정이 된 피노키오가 물었다.

"네가 거짓말을 하니까."

"제 말이 거짓말이라는 것을 어떻게 알았죠?"

"얘, 거짓말은 금세 알 수 있어. 거짓말에는 두 종류가 있는데 하나는 다리가 짧아지는 거짓말이고 하나는 코가 길어지는 거짓말이란다. 네 거짓말은 코가 길어지는 거짓말이야."

피노키오는 부끄러운 나머지 쥐구멍에라도 들어가고 싶은 심정이었다. 방에서 도망치고 싶었지만 그조차 할 수 없었다. 코가 너무 길어져서 방문을 빠져나갈 수 없었기 때문이다.

제18장

여우와 고양이를 다시 만난 피노키오는
금화를 심으러 기적의 들판으로 간다.

그 후에 일어난 일은 여러분의 예상대로다. 요정은 피노키오가 방에서 나갈 수도 없을 정도로 길어진 코 때문에 악을 쓰며 울게 30분 동안 그냥 내버려두었다. 이번 기회에 단단히 혼을 내서 거짓말하는 못된 버릇을 고쳐놓으려 한 것이다. 거짓말이야말로 어린이들이 주의해야 할 가장 나쁜 버릇이니까. 하지만 막상 피노키오가 얼굴을 일그러뜨리며 눈이 빠져라 절망적으로 우는 모습을 보자 측은한 마음에 '짝' 하고 손뼉을 쳤다. 그러자 딱따구리 떼가 창문으로 날아 들어와 피노키오의 코에 앉아서 코를 열심히 쪼아대기 시작했다. 몇 분 지나지 않아 얼굴에 비해서 엄청나게 컸던 코가 원래 크기로 줄어들었다.

"요정님은 너무나 좋은 분이에요. 요정님을 너무너무 사랑해요!" 피노키오가 눈물을 훔치며 말했다.

"나도 너를 사랑한단다." 요정이 말했다.

"나랑 같이 여기서 살면 너는 내 동생이 되고 나는 네 착한 누나가 될 수 있을 텐데……."

"저도 그러고 싶어요. 하지만 제가 여기에 남으면 불쌍한 우리 아빠는 어떡하죠?"

"걱정하지 말렴. 내게 다 생각이 있어. 이미 네 아빠께 연락을 드렸단다. 해가 지기 전에 여기로 오실 거야."

"정말요?" 피노키오가 기뻐서 폴짝폴짝 뛰며 말했다.

"사랑하는 요정님, 허락하시면 아빠를 마중 나가고 싶어요. 저 때문에 속상하셨을 늙고 불쌍한 우리 아빠에게 어서 빨리 입 맞춰드리고 싶어요."

"그렇게 하렴. 하지만 길을 잃지 않도록 조심해. 숲속 길을 따라가다 보면 아빠를 만날 수 있을 거야."

집을 떠난 피노키오는 숲에 이르러 새끼 노루처럼 달리기 시작했다. 하지만 커다란 떡갈나무 가까이에 다다랐을 때 잎이 무성한 가지 사이로 들려오는 인기척 때문에 걸음을 멈췄다. 과연 누가 나타났을까? 다름 아닌 여우와 고양이였다. 피노키오의 길동무이자 빨간 가재 식당에서 함께 저녁을 먹은 바로 그 여우와 고양이 말이다.

"우리 피노키오, 여기 있었구나!" 여우가 피노키오를 끌어안고 입을 맞추며 외쳤다. "여긴 어쩐 일이지?"

"여긴 어쩐 일이지?" 고양이가 언제나처럼 여우의 말을 따라 했다.

"말하자면 길어." 피노키오가 말했다.

"나중에 천천히 말해줄게. 너희가 나만 혼자 여관에 버려두고 떠난 후에 길에서 강도들을 만났다는 것만 알아둬."

"강도들이라고? 아! 불쌍한 피노키오! 그래, 대체 그놈들이 뭘 원한 거야?"

"내 금화를 훔치려 했어."

"못된 놈들!" 여우가 말했다.

"천하의 못된 놈들!" 고양이가 따라 했다.

"그래서 난 도망쳤어. 하지만 놈들은 계속해서 내 뒤를 쫓아왔지. 그러다 놈들의 손에 잡혀서 저 떡갈나무 가지에 목이 매달리고 말았어."

피노키오는 말하면서 떡갈나무를 손가락으로 가리켰다.

"세상에, 어떻게 그런 일이!" 여우가 말했다. "말세로구먼. 우리 같은 선량한 이들은 어떻게 이 험한 세상에서 살아남을꼬."

이야기를 나누는 동안 피노키오는 고양이가 오른쪽 앞발을 절뚝이는 것을 깨달았다. 가만히 보니 오른쪽 앞발이 발톱까지 송두리째 잘려나가고 없었다. 그 모습을 본 피노키오가 물었다.

"어쩌다 발이 그렇게 됐어?"

고양이가 뭐라고 대답하려다 말이 꼬이자 여우가 재빨리 나섰다.

"내 친구가 너무 겸손이 지나쳐서 대답을 못 하니 내가 대신 이야기해줄게. 한 시간 전에 길에서 늙은 늑대를 만났어. 늑대가 곧 굶어 죽을 것 같은 얼굴로 먹을 것을 좀 달라고 하는데 마침 우리 수중에는 생선 가시 하나 없었지. 그러자 황제보다 마음이 넓은 내 친구가 어떻게 했는지 알아? 허기를 채우라고 이빨로 앞발을 물어뜯어서 불쌍한 늙은 늑대에게 던져줬지 뭐야?"

여우는 이야기를 들려주며 눈시울을 훔쳤다. 피노키오도 감동한 나머지 고양이의 귀에 속삭였다.

"이 세상의 모든 고양이가 너 같다면 쥐들은 얼마나 행복할까?"

"그나저나 너는 여기서 뭘 하고 있어?" 여우가 물었다.

"아빠를 기다려. 이제 곧 도착하실 거야."

"금화는?"

"내 호주머니에 있지. 여관에서 써버린 한 닢만 빼고."

"금화 네 닢이 1000닢, 아니 2000닢이 될 수도 있는데! 대체 왜 내 말을 안 듣는 거야? 왜 기적의 들판에 금화를 심으러 안 가는 거지?"

"오늘은 안 돼. 다른 날 갈게."

"그때는 너무 늦어." 여우가 말했다.

"왜?"

"어떤 부자가 그 들판을 사는 바람에 내일부터는 아무도 그곳에 들어가서 돈을 심지 못하게 되었거든."

"그 들판이 여기서 얼마나 떨어져 있지?"

"겨우 2킬로미터밖에 안 떨어져 있어. 우리랑 같이 가지 않을래? 30분이면 돼. 금화 네 닢을 심고 몇 분만 기다리면

2000닢을 딸 수 있어. 그러면 오늘 저녁 호주머니를 금화로 빵빵하게 채워서 집에 가는 거지. 우리와 함께 가자!"

피노키오는 잠시 망설였다. 착한 파란 요정과 늙은 아빠와 말하는 귀뚜라미의 경고가 떠올랐기 때문이다. 하지만 못되고 철없는 여느 아이들처럼 결국 여우와 고양이를 향해 고개를 끄덕여 보이며 말했다.

"그래 좋아. 같이 가자."

그렇게 그들은 길을 떠났다.

반나절쯤 걷다 피노키오 일행은 '얼간이 등쳐먹는 도시'에 도착했다. 시내에 들어선 피노키오의 눈에, 허기가 져서 입을 쩍 벌리고 하품만 해대는 털 빠진 개들과 맨살을 드러

낸 채 추위에 바들바들 떠는 양들의 모습이 들어왔다.

거리는 머리와 턱에 달린 볏을 잃어버린 채 옥수수 한 알만 달라고 구걸하는 암탉들과 알록달록 아름다운 날개를 팔아버려 날 수 없게 된 커다란 나비들과 꼬리가 잘려나간 채 수치스러워서 얼굴을 감춘 공작들과 찬란한 금색 은색 깃털을 잃어버리고 아쉬워하며 뒤뚱거리는 꿩들로 북적였다.

수치심에 괴로워하는 거지들 사이로 가끔 멋진 마차를 탄 여우와 고양이와 도둑 새가 지나갔다.

"기적의 들판은 어딨지?" 피노키오가 물었다.

"엎어지면 코 닿을 곳에 있어."

일행은 도시를 가로질러 성벽을 지나서 외딴 들판에서 멈춰 섰다.

여느 들판과 다를 바 없는 평범한 들판이었다.

"여기야." 여우가 피노키오에게 말했다.

"이제 여기 엎드려 작은 구덩이를 파. 그리고 거기에 금화를 심어."

피노키오는 여우가 시키는 대로 했다. 땅에 구덩이를 파고 남은 금화 네 닢을 모두 넣은 뒤 그 위를 흙으로 덮었다.

"이제 근처에 있는 도랑으로 가서 물 한 바가지를 떠 와. 금화에 물을 주어야 하니까."

피노키오는 도랑으로 가서 바가지 대신 나막신에 물을

떠 와 구덩이 위에 뿌렸다.

"이게 끝이야?"

"그래, 이제 모두 가도 돼. 너는 20분 후에 여기로 돌아와. 그러면 이미 가지마다 금화가 주렁주렁 달린 나무가 자라나 있을 거야." 여우가 말했다.

불쌍한 피노키오는 너무 기뻐서 제정신이 아니었다. 피노키오는 여우와 고양이에게 천 번 만 번 고맙다고 하고 멋진 선물을 사주겠노라고 약속까지 했다.

"선물 받자고 한 일이 아니야." 두 악당이 대답했다.

"네게 힘 안 들이고 부자가 되는 법을 가르쳐준 것만으로도 충분해. 얼마나 기쁜지 몰라."

둘은 피노키오에게 작별인사를 하고 금화를 잘 수확하라고 한 뒤 자기들 볼일을 보러 떠나버렸다.

제19장

피노키오는 금화를 도둑맞고
그 벌로 넉 달 동안 감옥에 갇힌다.

도시로 돌아온 피노키오는 1분, 1초를 손꼽아 세기 시작했다. 시간이 다 되었다고 생각했을 때 피노키오는 곧바로 기적의 들판으로 출발했다.

기적의 들판을 향해 걸음을 재촉하는 피노키오의 심장은 세차게 뛰었다. 달음박질을 치기 시작하자 가슴에서 똑딱, 똑딱 괘종시계 소리가 났다. 피노키오는 달리면서 생각했다.

'1000닢이 아니라 2000닢이 열려 있는 것 아닐까? 2000닢이 아니라 5000닢이 열려 있지 않을까? 5000닢이 아니라 10000닢이 열려 있으면? 아! 그렇게만 된다면 나는 정말 엄청난 부자가 되겠지! 그러면 으리으리한 저택을 지을 거야. 마구간 1000채와 목마 1000마리를 만들어서 가지고 놀아야지. 지하실에는 달콤한 시럽과 술을 잔뜩 쌓아놓고 설탕에 절인 과일과 케이크와 파네토네(말린 과일과 건포도를 넣고 만든 커다란 빵. 주로 크리스마스에 먹는다 – 옮긴이)와 아몬드 비스킷과 크림빵으로 책장을 가득 채울 거야.'

한껏 꿈에 부풀어 들판 근처에 도착한 피노키오는 금화가 주렁주렁 달린 나무를 보려고 잠시 걸음을 멈췄지만 아무것도 보이지 않았다. 백 걸음쯤 더 가서 다시 걸음을 멈추었지만 이번에도 마찬가지였다. 들판에 도착해서 금화를 묻어놓은 작은 구덩이까지 가보았지만, 아무것도 없었다. 그제야 피노키오는 걱정이 돼서 예의범절은 잠시 접어두고 주머니에서 손을 빼 머리를 한참 동안 벅벅 긁어댔다.

바로 그 순간 어디선가 신나게 웃는 소리가 들려왔다. 고개를 들어보니 나무 위에서 커다란 앵무새가 몇 개 남지 않은 깃털을 부리

로 긁고 있었다.

"왜 웃어?" 피노키오가 성난 목소리로 물었다.

"날개 죽지를 긁다 간지러워서 웃었어."

피노키오는 앵무새의 말에 대꾸하지 않고 도랑에 가서 아까처럼 나막신에 물을 담아 와 금화를 묻어두었던 땅에 뿌렸다.

그때 아까보다 더 무례한 웃음소리가 고요한 들판에 커다랗게 울려 퍼졌다.

"버르장머리 없는 앵무새 같으니라고. 대체 뭘 보고 웃는 거야?" 피노키오가 화를 버럭 내며 외쳤다.

"다른 사람이 하는 어리석은 말을 곧이곧대로 믿고 자기보다 교활한 사람의 함정에 빠지는 멍청이 때문에 웃는 거야."

"혹시 지금 내 얘기를 하는 거야?"

"그래. 불쌍한 피노키오, 바로 네 이야기야. 돈을 들판에 심어서 콩이나 호박처럼 수확할 수 있다는 말을 믿다니. 어쩌면 그렇게 생각이 없니? 나도 한때 너 같았어. 지금 그 대가를 톡톡히 치르고 있지. 너무 늦었지만 나도 이제 깨달았어. 아무리 푼돈이라도 정직하게 벌려면 두 손으로 열심히 일하고 머리를 써야 한다는 사실을."

"그게 대체 무슨 말이야?"

말은 이렇게 하면서도 피노키오는 이미 두려움에 몸을 덜덜 떨기 시작했다.

"저런. 내가 더 자세히 설명해줄게." 앵무새가 말했다.

"네가 도시에 가 있는 동안 여우와 고양이가 돌아와 금화를 챙겨서 바람처럼 사라져버렸어. 웬만해선 그놈들을 잡기 힘들걸?"

피노키오는 너무 놀라서 입이 딱 벌어졌다. 앵무새의 말을 믿고 싶지 않아 방금 물을 뿌린 곳을 손으로 파헤치기 시작했다. 하지만 아무리 파고 파고 또 파도 금화는 나오지 않았다. 짚단을 똑바로 세워 넣을 정도로 구멍을 깊게 파도 금화는 없었다.

피노키오는 절망한 나머지 한걸음에 도시로 달려가 곧장 법원으로 갔다. 자기 돈을 훔쳐 간 두 도둑을 재판관에게 고발하려고 말이다.

재판관은 고릴라족의 덩치 큰 원숭이였다. 원숭이 재판관은 나이가 지긋한 데다 흰 수염을 기르고 금테 안경을 쓰고 있어서 모두에게 존경을 받았다. 하지만 몇 년 전부터 앓아온 눈병으로 충혈된 눈 때문에 쓴 것이라 사실 금테 안경에는 알이 없었다.

피노키오는 어쩌다 이렇게 부당한 사기를 당했는지에 대해서 재판관에게 하나도 빠짐없이 낱낱이 이야기했다. 도둑들의 이름과 생김새를 설명하고 두 놈에게 알맞은 벌을 내려달라고 했다.

재판관은 인자한 표정으로 피노키오의 말에 귀 기울였다. 피노키오의 이야기에 푹 빠져서 마음 아파하기도 하고 나중에는 감동까지 한 것 같아 보였다.

피노키오의 말이 끝나자 원숭이 재판관은 손을 들어 종을 울렸다.

종소리에 헌병 제복 차림의 불독 두 마리가 나타났다.

재판관은 피노키오를 가리켜 보이며 헌병에게 말했다.

"이 불쌍한 녀석이 금화 네 닢을 도둑맞았다고 하니 당장 잡아서 감옥에 가두어라!"

예상치 못한 판결에 피노키오는 그만 어안이 벙벙해져서 항의하려 했다. 하지만 헌병대는 쓸데없는 시간 낭비를 막기 위해 피노키오의 입을 틀어막고 감옥으로 끌고 갔다.

피노키오는 감옥에 무려 넉 달 동안이나 갇혀 있었다. 정말이지 기나긴 시간이었다. 운이 나빴으면 아마도 더 오래 갇혀 있었을 것이다.

하지만 마침 '얼간이 등쳐먹는 도시'를 다스리는 젊은

황제가 전쟁에서 큰 승리를 거두어 성대한 축제를 열기로 했다. 황제는 온 나라를 멋진 조명으로 장식하고 불꽃놀이를 하고 경마와 자전거 경주도 열라고 했다. 그리고 축제를 위해 감옥 문을 열어 도둑들을 풀어주라고 명했다.

"다른 죄수들도 모두 풀려나는데 저도 나갈래요." 피노키오가 말했다.

"네놈은 안 돼, 도둑이 아니니까……." 간수가 말했다.

"잘 모르시나 본데 저도 도둑이에요."

"그래? 그러면 당연히 나가도 되지."

간수는 모자를 들어 올려 정중하게 인사하더니 감옥 문을 열고 피노키오를 내보내주었다.

제20장

감옥에서 풀려난 피노키오는 요정의 집으로 향한다.
하지만 길을 가다가 무시무시한 뱀을 만나고, 덫에 걸린다.

감옥에서 풀려난 피노키오가 얼마나 기뻤을지는 여러분의 상상에 맡기겠다. 피노키오는 이런저런 생각을 할 시간조차 아까워 그 길로 도시를 떠나 파란 요정의 작은 집으로 향했다.

궂은 날씨 때문에 도로가 온통 진흙탕으로 변해 걸을 때마다 무릎까지 푹푹 빠졌지만, 피노키오는 아랑곳하지 않았다. 그리운 아버지와 파란 머리의 요정 누나를 다시 만날 수 있다는 생각에 마음이 들떠서 하운드 개처럼 날쌔게 뛰었다. 흙탕물이 모자 위로 튈 정도로 빨리 달리면서 피노키오는 생각했다.

'정말이지 별일을 다 겪었지 뭐야. 그래도 싸지, 나란 녀석은 못 말리는 고집불통에 심술꾸러기였으니까. 나보다 훨씬 생각이 깊고 나를 아껴주는 이들의 말을 듣지 않고 뭐든 내 멋대로 하려 했지. 하지만 이제부터는 달라질 거야. 말 잘 듣고 착한 아이가 될 거야. 말 안 듣는 아이들은 결국 자기 손해야. 뭐 하나 잘 되는 일이 없어. 그나저나 아빠는 나를 기다리고 계실까? 요정님의 집에 가면 아빠를 만날 수 있을까? 아빠를 못 본 지 너무 오래됐어. 아빠를 끌어안고 귀찮으니 저리 가라고 할 때까지 입 맞춰드리고 싶어. 요정님은 내 못된 짓을 용서해줄까? 그렇게 잘해주시고 정성껏 보살펴주셨는데……. 지금 내 목숨이 붙어 있는 것도 다 요정님 덕분인데……. 나처럼 은혜를 모르고 매정한 아이가 또 있을까?'

이런 생각에 잠겨 있던 피노키오는 뭔가를 보고 화들짝

놀라서 자기도 모르게 멈춰 섰다 몇 걸음 뒤로 물러났다.

피노키오는 대체 무엇을 본 걸까? 그것은 바로 엄청나게 큰 뱀이었다. 초록색 비늘에, 눈은 타오르는 불처럼 시뻘겋고 꼬리로는 굴뚝처럼 연기를 뿜는 뱀 한 마리가 길을 떡하니 가로막고 누워 있었다.

그 광경을 본 피노키오가 얼마나 무서웠을지 상상해보라. 피노키오는 500미터 정도 뒤로 물러나 자갈 더미 위에 앉아서 뱀이 제 갈 길로 떠나 길이 열리기를 기다렸다.

하지만 한 시간이 지나고 두 시간이 지나고 세 시간이 지나도 뱀은 꼼짝도 하지 않았다. 시뻘겋게 타오르는 눈빛과 꼬리에서 뿜어져 나오는 연기가 멀리서도 똑똑히 보였다.

기다리다 지친 피노키오는 용기를 내 몇 발자국 다가가 뱀의 비위를 맞추려고 상냥하고 가느다란 목소리로 말했다.

"실례합니다, 뱀님. 지나가게 조금만 비켜주시겠어요?"

하지만 뱀은 들은 척도 하지 않고 여전히 꼼짝도 하지 않았다.

피노키오는 다시 한번 작은 목소리로 상냥하게 말했다.

"제 말 좀 들어보세요, 뱀님. 저는 아빠가 기다리시는 집으로 가야 해요. 아빠를 못 본 지 너무 오래됐거든요. 뱀님도 제가 집에 갔으면 좋겠죠?"

기다려보았지만 뱀은 여전히 아무 말도 없었다. 아니,

오히려 그때까지 쌩쌩하던 뱀 몸이 갑자기 뻣뻣해졌다. 두 눈을 감고 꼬리에서 연기도 내뿜지 않고 움직이지 않았다.

"정말로 죽어버렸나?"

피노키오는 기뻐서 손바닥을 비비고는 길 건너편으로 가기 위해 기다렸다는 듯이 뱀의 몸을 타 넘으려 했다. 하지만 피노키오가 미처 다리를 다 들기도 전에 뱀이 갑자기 용수철 튀어 오르듯 머리를 꼿꼿이 세우고 일어나는 것이 아닌가. 그 바람에 피노키오는 너무 놀라서 뒷걸음치다 발을 헛디뎌 고꾸라지고 말았다. 어찌나 야무지게 넘어졌던지 두 다리를 하늘 방향으로 뻗은 채 머리를 진흙탕에 처박고 말았다. 피노키오의 다리가 미친 듯이 허공에서 허우적대는 광경에 뱀은 발작적으로 웃음을 터뜨렸다.

뱀은 웃고, 웃고 또 웃다 결국에는 가슴 속의 핏줄이 터져 정말로 죽어버렸다.

피노키오는 어두워지기 전에 요정의 집에 도착하려고 달리기 시작했다. 하지만 가던 중에 배를 쥐어뜯는 듯한 배고픔을 도저히 참을 수 없어서 포도알을 몇 개 따먹으려고 근처 포도밭으로 뛰어들었다.

불쌍한 피노키오, 조금만 참았으면 좋았을 것을!

포도나무 밑에 이르렀을 때 '철커덕' 하고 예리한 쇳조각 두 개가 피노키오의 다리를 덥석 물었다. 쇳조각이 다리를 옥죄어오자 너무 아파서 눈앞에 별이 보일 지경이었다.

불쌍한 피노키오는 근방 양계장의 골칫거리였던 족제비를 잡기 위해 농부들이 놓은 덫에 걸려들고 만 것이다.

제21장

피노키오는 농부에게 붙잡히고 농부는 피노키오에게
개 대신 닭장을 지키게 한다.

여러분의 예상대로 피노키오는 이번에도 엉엉 울며 도와달
라고 애원했지만, 부질없는 일이었다. 주변에는 집 한 채 없
었고 길에는 개미 새끼 한 마리 지나가지 않았기 때문이다.

어느덧 밤이 되었다.

덫이 정강이를 조여오는 바람에 너무 아프기도 하고 어
둡고 황량한 들판에 홀로 남자 겁이 나기도 해서 피노키오는
기절하기 일보 직전이었다. 바로 그때 머리 위로 반딧불이가
날아가는 것이 보였다.

"얘 반딧불이야, 나를 이 고통에서 벗어나게 해주지 않
을래?"

"불쌍해라!" 피노키오를 불쌍히 여긴 반딧불이가 가던

길을 멈추고 말했다. "어쩌다 그리도 날카로운 덫에 걸려들게 되었니?"

"포도 몇 알 따 먹으려고 포도밭에 들어갔다가 이렇게 됐어."

"그 포도가 네 것이었니?"

"그렇진 않아……."

"어디서 남의 것을 가져가도 된다고 배웠니?"

"배가 고파서 그랬어……."

"배가 고프다고 남의 물건을 가져가도 되는 건 아냐."

"그래, 네 말이 맞아! 다음부턴 절대로 그러지 않을 거야." 피노키오가 울부짖었다.

그 순간 들릴락 말락 한 발소리에 둘은 대화를 멈췄다. 밤마다 닭을 훔쳐 먹는 족제비가 덫에 걸렸는지 확인하려고 살금살금 까치발을 하고 다가온 포도밭 주인이었다.

외투 속에서 작은 등을 꺼내 비춰 본 주인은 화들짝 놀랐다. 족제비가 아니라 어린 소년이 덫에 걸려 있었기 때문이다.

"이 좀도둑놈 같으니라고! 우리 집 암탉을 훔쳐 간 놈이 네놈이냐?" 화가 잔뜩 난 농부가 말했다.

"아니에요! 절대 아니에요! 저는 그저 포도 몇 알 먹으려고 들어온 것뿐이에요."

"포도 도둑이 닭 도둑이 되는 법. 다시는 그러지 못하게 혼쭐을 내놓을 테다!"

농부는 덫을 풀어준 다음 피노키오의 목덜미를 움켜쥐고 새끼 양 끌고 가듯이 집으로 끌고 갔다.

집 앞마당에 이르자 농부는 피노키오를 바닥에 내팽개치고 목을 발로 누르며 말했다.

"시간이 늦어서 오늘은 그만 자러 가야겠다. 우리 계산은 내일로 미루자. 마침 오늘 밤에 우리 집을 지키던 개가 죽었으니 네놈이 그 일을 대신 해주어야겠다."

말을 마치자마자 농부는 쇠못이 잔뜩 박힌 개목걸이를 피노키오의 목에 씌우고는 머리를 빼지 못하게 단단히 죄었다. 개목걸이에는 긴 쇠줄이 달려 있고 쇠줄은 벽에 붙어 있었다.

"밤새 비가 오면 저 나무로 만든 개집에 들어가 있거라. 불쌍한 우리 집 개가 지난 4년 동안 침대로 쓰던 짚이 그대로 깔려 있을 거다. 만에 하나라도 도둑놈들이 나타나면 귀를

135

쫑긋 세우고 있다가 짖어. 알겠지?"

농부는 피노키오에게 마지막으로 주의를 주고 집에 들어가 빗장을 잠가버렸다. 불쌍한 피노키오는 마당에 웅크리고 앉았다. 춥고 배고프고 겁이 나서 숨이 붙어 있어도 붙은 것이 아니었다.

피노키오는 이따금 울컥해 목에 찬 개목걸이에 손을 집어넣으며 울먹였다.

"당해도 싸지, 인정하기는 싫지만 나는 이런 일을 당해도 싸. 아무것도 안 하고 빈둥거리기나 하고 못된 친구의 말만 들었으니 운이 없을 수밖에. 다른 아이들처럼 착하게 행동했다면, 열심히 공부하고 일했다면, 집을 나가지 않고 불쌍한 우리 아빠 곁에 남아 있었다면 이렇게 허허벌판에서 농부 집이나 지키는 개 신세가 되지는 않았을 텐데. 아! 다시 태어날 수 있다면 얼마나 좋을까! 하지만 이젠 너무 늦었어. 그저 참고 견디는 수밖에."

피노키오는 뼈에 사무치게 한탄을 하고 개집에 들어가 잠이 들었다.

제22장

도둑을 잡은 피노키오는
충직하게 행동한 덕분에 풀려난다.

두 시간 넘게 단잠을 자던 피노키오는 자정 넘어 웅얼웅얼, 소곤소곤하는 소리에 잠에서 깼다. 그 수상한 소리는 마당에서 들려오는 듯했다. 개집 밖으로 코만 빼꼼히 내밀어 보니 고양이를 닮은 털이 시커먼 짐승 네 마리가 모여서 뭔가를 의논하고 있었다. 하지만 놈들은 고양이가 아니었다. 달걀과 병아리라면 사족을 못 쓰는 육식 동물인 족제비들이었다. 일당 중 한 놈이 무리에서 떨어져나와 개집 문을 두드리며 나지막한 소리로 말했다.

"잘 있었나, 멜람포."

"나는 멜람포가 아니야." 피노키오가 대답했다.

"그럼 너는 누구냐?"

"나는 피노키오야."

"대체 거기서 뭘 하고 있어?"

"개처럼 집을 지키고 있지."

"멜람포는 어디 가고? 원래 이 집에 살던 늙은 개는 어디로 갔지?"

"오늘 아침에 죽었대."

"죽었다고? 불쌍한 멜람포! 좋은 친구였는데……. 그런데 보아하니 너도 착한 개 같구나."

"미안하지만, 난 개가 아니야!"

"그럼 뭔데?"

"꼭두각시야."

"꼭두각시가 개처럼 집을 지켜?"

"안타깝지만 그래. 벌을 받은 거지."

"좋아. 그럼 네게 멜람포에게 했던 것과 똑같은 제안을 하지. 마음에 들 거야."

"그게 뭔데?"

"우린 항상 하던 것처럼 일주일에 한 번씩 밤에 닭장에서 암탉 여덟 마리를 가져갈 거야. 그중에서 일곱 마리는 우리가 먹고 한 마리는 너에게 줄게. 단, 너는 자는 척하고 있어야 해. 짖어서 절대로 농부를 깨우면 안 된단 말씀이야."

"멜람포도 그렇게 했어?" 피노키오가 물었다.

"그럼. 우리는 죽이 잘 맞았어. 그러니 너도 어서 잠이나 자. 가기 전에 개집 위에 먹음직스러운 암탉 한 마리를 털까지 뽑아서 놓아둘 테니. 내일 일어나서 아침으로 먹을 수 있도록 말이야. 내 말 알아들었지?"

"너무 잘 알아들었지!" 피노키오가 '나중에 이야기하자'는 듯 고개를 힘차게 끄덕이며 말했다.

족제비들은 계약이 이루어졌다고 확신하고 그 길로 닭장으로 향했다. 마침 닭장은 개집 가까이에 있었다. 나무로 만든 작은 문을 이빨로 물어뜯고 손톱으로 긁어서 연 족제비들은 한 마리씩 닭장 안으로 숨어들었다. 하지만 놈들이 미처 다 들어가기도 전에 문이 쾅하고 거칠게 닫혔다.

피노키오였다. 피노키오는 문을 닫는 것으로 그치지 않고 커다란 돌로 문을 막고 진짜 개처럼 멍멍 짖기 시작했다.

개 짖는 소리에 놀란 농부는 침대에서 벌떡 일어나 총을 집어 들고 창밖으로 얼굴을 내밀었다.

"무슨 일이냐?"

"도둑이 들었어요!" 피노키오가 말했다.

"그놈들이 지금 어디에 있는데?"

"닭장 안에 있어요."

"지금 당장 내려가마."

실제로 농부는 '아멘'의 '아' 소리도 끝마치기 전에 내려와 재빨리 닭장 안으로 들어가 족제비 네 마리를 산 채로 잡아 자루에 담고는 좋아했다.

"드디어 잡았다, 요놈들. 내 손으로 벌을 줄 수도 있겠지만 나는 그렇게 모진 사람이 아니거든. 그러니 내일 네놈들은 근처 마을 여관 주인장에게 가져다줘야겠다. 초콜릿 소스에 익힌 토끼고기 요리하듯 껍질을 벗겨서 요리하도록. 네놈들에게는 과분한 영광이지만 나는 워낙 마음이 넓어서 그 정도는 봐주마."

그런 다음 농부는 피노키오를 다정하게 쓰다듬어주며 물었다.

"저 도둑놈들의 음모를 어떻게 알아챘지? 충직했던 우리 멜람포도 알아차리지 못했는데."

피노키오는 아는 것을 전부 털어놓을 수도 있었다. 농부의 개와 족제비 사이에 있었던 부끄러운 계약에 대해 들려줄 수도 있었다. 하지만 멜람포가 이미 이 세상 개가 아니라는 사실을 기억해낸 피노키오는 속으로 생각했다.

'죽은 개의 잘못을 들춰봤자 무슨 소용이 있겠어? 죽은 자는 죽은 자일 뿐. 편히 쉬게 놓아두자.'

"족제비들이 마당에 들어왔을 때 깨어 있었니, 자고 있었니?"

"자고 있었어요." 피노키오가 말했다.

"족제비들이 떠들어대는 소리에 잠이 깬 거예요. 넷 중 한 놈이 제게 이런 말을 했어요. '짖지 않고 주인을 깨우지 않겠다고 약속해주면 먹기 좋게 털을 뽑은 암탉을 주마.' 그런 뻔뻔한 제안을 하다니! 주인님도 아셔야 해요. 저는 비록 흠 많은 꼭두각시 인형이지만 정직하지 않은 놈들과 작당하거나 한패가 되는 일은 절대로 없어요!"

"훌륭하구나." 농부가 피노키오의 어깨를 토닥거리며 말했다.

"생각이 바르니 행동도 명예롭구나. 네가 나를 이토록 기쁘게 해주었으니 집으로 돌아갈 수 있게 너를 풀어주마." 농부는 이렇게 말하고 피노키오의 개목걸이를 풀어주었다.

제23장

피노키오는 파란 머리의 어여쁜 소녀가 죽은 것을 알고
눈물을 흘리다가 비둘기를 만난다.
비둘기는 피노키오를 바닷가까지 데려다주고
피노키오는 아빠를 구하기 위해 바다에 뛰어든다.

무겁고 굴욕적인 개목걸이에서 풀려나자마자 피노키오는
들판을 가로질러 달리기 시작했다. 요정의 작은 집으로 이어
지는 큰길이 나타날 때까지 피노키오는 한 번도 쉬지 않고
계속 달렸다.

큰길에 이르러 피노키오는 고개를
돌려 저 아래 펼쳐진 넓은 들판을
바라보았다. 여우와 고양이를 만났
던 그 불운의 숲이 한눈에 보였다.
나무 사이로 피노키오가 대롱대롱

매달렸던 커다란 떡갈나무가 우뚝 솟아 있었다. 하지만 정작 파란 머리의 어여쁜 소녀가 살던 작은 집은 눈 씻고 찾아봐도 보이지 않았다.

순간 피노키오는 불길한 예감이 들어 젖먹던 힘을 다해 달리기 시작했다. 얼마 지나지 않아서 하얀 집이 있던 풀밭에 이르렀지만 집은 흔적도 없이 사라지고 없었다. 대신 조그만 대리석 위에 정자체로 슬픈 문구가 새겨져 있었다.

사랑하는 동생 피노키오에게
버림받은 슬픔으로
숨을 거둔 파란 머리 소녀
여기 잠들다.

떠듬떠듬 겨우 글씨를 다 읽고 난 피노키오의 심정이 어땠을지는 여러분의 상상에 맡기겠다. 피노키오는 바닥에 쓰러져 고개를 푹 숙인 채 대리석 비석에 입을 맞추며 꺼이꺼이 울었다.

그날 피노키오는 밤새도록 울었다. 눈물이 메마를 정도로 울

고 아침이 밝은 후에도 계속 울었다. 피노키오의 비통하고 날카로운 탄식이 언덕에 메아리쳤다.

피노키오가 울며 말했다.

"오, 요정님, 대체 왜 죽어버린 건가요? 요정님 대신 제가 죽어야 했는데. 왜 못된 제가 아니라 착한 요정님이 죽은 건가요? 우리 아빠는 어디에 있나요? 오, 요정님, 어디로 가야 아빠를 만날 수 있는지 말해주세요. 영원히 아빠 곁에 있고 싶어요. 이제 절대로 아빠를 떠나지 않을 거예요. 절대로요! 오, 요정님, 죽은 게 아니라고 말해주세요. 저를 정말로 사랑한다면, 저를 정말 동생으로 여긴다면 다시 살아나주세요, 예전처럼요! 모두에게 버림받고 혼자 남은 제가 불쌍하지 않나요? 강도를 만나면 그들은 저를 다시 나무에 목매달 거고, 이번에는 꼼짝없이 죽을 거예요. 저 혼자 여기서 어떻게 사나요? 요정님도 아빠도 다 떠나가버리면 누가 제게 먹을 것을 주나요? 잠은 어디에서 자야 하나요? 누가 새 옷을 사주겠어요? 차라리 저도 죽어버릴래요. 그래요, 저도 죽고 싶어요!"

피노키오는 절망적으로 흑흑 울면서 머리카락을 쥐어뜯으려 했지만 안타깝게도 피노키오의 머리는 나무로 만들어져서 손에 잡히지 않았다.

마침 지나가던 커다란 비둘기가 가던 길을 잠시 멈추고

날개를 편 채 하늘에서 피노키오에게 물었다.

"애, 거기서 뭘 하고 있니?"

"보면 몰라? 울고 있잖아!" 피노키오가 소리가 나는 쪽을 향해 고개를 들고 소맷단으로 눈물을 훔치며 말했다.

"애, 혹시 네 친구 중에 피노키오라는 꼭두각시가 있니?" 비둘기가 물었다.

"피노키오라고? 너 지금 피노키오라고 했니?" 피노키오가 벌떡 일어나며 말했다.

"내가 피노키오야!"

그러자 비둘기가 재빨리 땅에 내려앉았다. 칠면조보다 커다란 비둘기였다.

"그럼 너 혹시 제페토 할아버지도 아니?"

"알고말고. 불쌍한 우리 아빠야. 아빠가 혹시 내 이야기를 했니? 나를 아빠한테 데려다줄래? 아빠는 살아계시니? 제발 말해줘. 우리 아빠는 무사하시니?"

"사흘 전에 바닷가에서 헤어졌어."

"거기서 뭘 하고 계셨는데?"

"혼자서 바다를 건널 조각배를 만들고 계셨어. 그 불쌍한 양반은 너를 찾아 벌써 넉 달 동안 여기저기 헤매고 있어. 아무리 찾아도 없으니까 이젠 너를 찾아 바다 건너 낯선 나라까지 가기로 마음먹은 거지."

"여기서 바닷가는 얼마나 머니?" 피노키오가 다급히 물었다.

"1000킬로미터도 더 돼."

"1000킬로미터라고? 아, 비둘기야. 나도 너처럼 날개가 있으면 얼마나 좋을까?"

"원하면 내가 바닷가까지 데려다줄게."

"어떻게?"

"내 등에 태우고 가면 되지. 너 많이 무겁니?"

"무겁기는! 난 나뭇잎처럼 가벼워."

피노키오는 두말없이 그 자리에서 바로 비둘기의 등에 올라탔다. 피노키오는 승마 선수처럼 두 다리를 양쪽으로 벌린 뒤 신나게 외쳤다.

"이랴! 이랴! 어서 가자!"

비둘기는 날갯짓을 하더니 눈 깜짝할 새 구름에 닿을 만큼 하늘 높이 날아올랐다. 정신이 아득해질 정도로 하늘 높이 날아오르자 피노키오는 아래를 내려다보고 싶어졌다. 하지만 막상 아래를 보니 겁이 덜컥 나고 머리가 핑핑 돌았다. 피노키오는 떨어지지 않으려고 있는 힘을 다해 깃털 달린 말의 목을 꽉 끌어안았다.

온종일 날아가다 저녁 무렵 비둘기가 말했다.

"너무너무 목마르다!"

"나는 너무너무 배가 고파!" 피노키오가 말했다.

"여기 이 비둘기 집에서 잠시 쉬었다 가자. 그리고 나서 내일 새벽에 바닷가에 도착할 수 있게 다시 떠나는 거야."

피노키오와 비둘기는 빈 비둘기 집에 들어갔다. 그곳에는 물이 가득 담긴 대야 하나와 야생 완두가 담긴 바구니가 하나 달랑 있을 뿐이었다.

피노키오는 태어나서 한 번도 야생 완두를 먹어본 적도 없으면서 완두를 먹으면 구역질이 나고 속이 메슥거린다고 투덜댔다. 하지만 그날 저녁 피노키오는 야생 완두를 배가 터지도록 먹었다. 바구니에 든 완두를 거의 다 먹어치우고서 피노키오는 비둘기에게 말했다.

"야생 완두가 이렇게 맛있을 줄은 꿈에도 몰랐어."

"다 생각하기 나름이야. 정말로 배가 고픈데 먹을 것이 아무것도 없으면 야생 완두조차 별미처럼 느껴진단다. 배고 프면 돌도 씹어 먹을 수 있는 거야."

가벼운 식사를 마치고 다시 길을 떠난 피노키오와 비둘기는 다음 날 아침 바닷가에 도착했다.

비둘기는 피노키오를 땅에 내려주고는 고맙다는 인사는 필요 없다면서 바로 날아가버렸다.

바닷가에는 사람들이 많이 모여 있었다. 모두 바다를 향해 소리를 지르고 손짓을 하고 있었다.

"무슨 일이죠?" 피노키오가 한 노파에게 물었다.

"어떤 불쌍한 아버지가 잃어버린 아들을 찾겠다고 조각배를 타고 바다로 나갔는데 날씨가 나빠서 배가 물속으로 가라앉을까 봐 걱정이구나……."

"그 배가 어디에 있나요?"

"저기 내 손가락이 가리키는 곳을 보렴."

노파가 조각배를 가리키며 말했다. 멀리서 보니 좁쌀만한 사람이 호두 껍데기에 탄 것처럼 보였다.

피노키오는 노파가 가리키는 쪽을 유심히 바라보다 첫소리를 질렀다.

"아빠다! 저기 우리 아빠가 있어요!"

그새 조각배는 성난 파도에 휩쓸려 사라졌다 다시 물 위로 떠오르기를 되풀이했다. 피노키오는 높은 암초 위에 서서 손수건을 흔들기도 하고 머리에 쓰고 있던 모자를 벗어서 흔들기도 하며 아빠를 목놓아 불렀다.

그러자 바닷가에서 멀리 떨어져 있던 제페토 할아버지도 아들을 알아봤는지 모자를 벗어서 피노키오를 향해 흔들어 보였다. 자기도 돌아가고 싶지만 파도가 너무 거칠어서 노를 저을 수 없다고 손짓 발짓으로 말하는 것 같았다.

그 순간 갑자기 휘몰아친 거센 파도에 조각배가 자취를 감추고 말았다. 배가 다시 떠오르기를 모두가 아무리 기다려 봐도 배는 다시 떠오르지 않았다.

"불쌍한 양반."

해변에 모여 있던 어부들이 말했다. 그들은 나지막이 기도문을 외우며 각자의 집을 향해 발걸음을 돌렸다.

그때 갑자기 절망적인 비명이 들려와 뒤돌아보니 어린 소년이 바닷가 벼랑에서 이렇게 외치며 뛰어내리고 있었다.

"아빠를 구해야 해!"

온몸이 나무로 만들어진 피노키오는 물에 둥둥 떠서 물고기처럼 헤엄을 쳤다. 물속으로 가라앉는가 싶다가, 가끔씩 물 위로 한쪽 다리나 한쪽 팔이 보였다. 그렇게 점점 바닷가

에서 멀어지다 잠시 후 시야에서 완전히 사라져버렸다.

"불쌍해라!" 바닷가에 모여 있던 어부들은 이렇게 말하고 나지막이 기도문을 읊으며 각자의 집으로 돌아갔다.

제24장

'부지런한 벌들의 나라'로 간 피노키오는
파란 머리 요정과 다시 만난다.

피노키오는 불쌍한 아빠를 도울 수 있다는 희망을 안고 밤새
도록 쉬지 않고 헤엄을 쳤다.

하지만 그날 밤은 너무나 끔찍했다! 하늘에 구멍이 뚫린
듯 비가 내리고, 우박이 쏟아졌다. 무시무시한 천둥이 치고
번개가 번쩍일 때마다 주변이 대낮처럼 환해졌다. 아침이 오
자 얼마 멀지 않은 곳에 기다란 육지가 보였다. 바다 한가운
데 떠 있는 섬이었다.

피노키오는 어떡하든 해변까지 가려고 힘을 다해 헤엄
을 쳤지만 소용없었다. 엎치락뒤치락 끊임없이 밀려드는 파
도가 피노키오의 몸을 나뭇가지나 지푸라기처럼 주거니 받
거니 내던졌다. 천만다행으로 때마침 어마어마하게 크고 강

한 파도가 몰려와 피노키오의 몸을 들어 올려 해변 모래사장에 내동댕이쳤다.

얼마나 세게 내던져졌는지 땅바닥에 떨어지는 순간 갈비뼈는 물론이고 온몸의 뼈 마디마디가 삐걱거릴 정도였다. 그래도 피노키오는 이번에도 죽다 살았다고 생각하며 마음을 달랬다.

그새 하늘이 맑아졌다. 찬란한 태양이 환하게 빛나고 바다는 매끄러운 기름 표면처럼 잔잔해졌다.

피노키오는 젖은 옷을 햇볕에 말리려고 모래 위에 펼쳐 놓고 아빠가 탄 조각배가 있는지 끝이 보이지 않는 드넓은 바다를 이리저리 살폈다. 하지만 아무리 살펴보아도 하늘과 바다밖에 보이지 않았다. 이따금 돛단배가 몇 척 지나갔지만, 너무 멀어서 파리처럼 작아 보였다.

"섬 이름이라도 알았으면! 적어도 어린아이를 나무에 매달지 않을 정도의 교양은 있는 사람들이 살았으면 좋겠는데…… 하지만 개미 새끼 한 마리 안 보이는데 그걸 대체 누구한테 묻는담?"

아무도 살지 않는 넓은 섬에 혼자 남았다는 생각이 들자 피노키오는 서글퍼서 울음이 나오려 했다. 하지만 바로 그 순간 해변에서 멀지 않은 곳을 커다란 물고기 한 마리가 지나가는 것이 보였다. 물고기는 머리를 물 밖으로 내밀고 유

유히 헤엄치며 자기 볼일을 보러 가는 중이었다.

피노키오는 물고기의 이름을 몰라서 이렇게 외쳤다.

"여보세요, 물고기님! 한 말씀만 드려도 될까요?"

"한 말씀이 아니라 두 말씀도 괜찮아."

알고 보니 물고기는 다른 바다에서는 좀처럼 찾아보기 힘든 상냥한 돌고래였다.

"이 섬에서 잡아먹힐 걱정 없이 편히 음식을 먹을 수 있는 마을이 있을까요?"

"있고말고! 그것도 여기서 멀지 않은 곳에 있단다."

"그곳은 어떻게 가나요?"

"저기 왼쪽에 있는 오솔길을 따라 똑바로 가면 돼. 쉬워서 길을 잃을 염려는 없을 거야."

"내친김에 한 가지만 더 여쭤볼게요. 밤낮으로 바다를 누비는 물고기님이시니까 묻는 말인데 혹시 우리 아빠가 탄 조각배를 못 보셨나요?"

"네 아빠가 누구신데?"

"세상에서 가장 좋은 아빠예요. 전 세상에서 가장 못된 아들이고요."

"지난밤 정도의 폭풍우면 조각배는 아마 물속에 가라앉았을걸?" 돌고래가 말했다.

"우리 아빠는요?"

"지금쯤이면 며칠 전부터 근처에 모습을 드러낸 무시무시한 상어에게 잡아먹혔겠지. 놈은 물고기를 닥치는 대로 잡아먹으며 이곳을 파멸과 슬픔의 바다로 만들어놓았지."

"그 상어가 아주 큰가요?" 피노키오가 벌써 겁을 집어먹고 벌벌 떨면서 물었다.

"큰 정도가 아니야! 굳이 비교하자면 6층짜리 건물보다 크단다. 입은 또 얼마나 크고 깊은지 선로를 달리는 기차를 통째로 집어삼키고도 남을 정도란다."

"맙소사!" 피노키오가 놀라서 외쳤다.

피노키오는 재빨리 옷을 입고 돌고래를 향해 말했다.

"안녕히 가세요, 물고기님. 귀찮게 해서 죄송해요. 친절하게 설명해주셔서 정말 감사합니다."

피노키오는 말을 마치자마자 오솔길을 달리다시피 빠른 걸음으로 걸었다.

작은 소리만 들려도, 몸통이 6층 건물만 하고 선로를 달리는 기차를 통째로 집어삼킬 정도로 거대한 입을 가진 상어가 쫓아올까 봐 겁이 나 뒤를 돌아보았다.

30분쯤 뒤에 피노키오는 '부지런한 벌들의 나라'에 도착했다. 그곳의 거리는 이리저리 분주하게 뛰어다니며 일하는 사람으로 가득했다. 모두 열심히 일하느라 바빴다. 일이 없는 사람은 아무도 없었다. 빈둥거리는 게으름뱅이나 할 일 없이 어슬렁거리는 부랑자는 눈을 씻고 찾아봐도 없었다.

"그래, 이 나라는 나처럼 일하는 거랑 거리가 먼 사람이 있을 만한 곳이 아니야."

그새 다시 배가 고파졌다. 야생 완두 한 그릇조차 못 먹은 지 꼬박 하루가 지났기 때문이었다.

어떻게 해야 배를 채울 수 있을까?

피노키오가 할 수 있는 것은 두 가지뿐이었다. 일자리를 찾거나, 돈 한 푼 빵 한 조각이라도 달라고 구걸하는 것이었다. 그러나 구걸하기는 수치스러웠다. 구걸은 노인이나 병든 사람이 하는 것이라고 아빠가 늘 말했기 때문이다. 아빠는 나이가 많거나 병이 들어서 더는 자기 손으로 밥벌이를 하지 못하는 사람만이 다른 사람의 도움과 동정을 받을 수 있다고 했다. 그렇지 않은 사람은 누구나 일을 해야 하며 일하지 않는 사람은 배가 고파도 싸다고 했다.

그때 마침 한 남자가 숨을 헐떡이고 땀을 뻘뻘 흘리며 지나갔다. 그는 석탄이 잔뜩 든 손수레 두 대를 끙끙대며 끌고 가고 있었다.

피노키오는 인상이 좋아 보이는 남자 곁으로 다가가, 부끄러운 줄은 알기에 눈을 아래로 내리깔고 기어드는 목소리로 말을 걸었다.

"배가 너무 고파서 그러는데 한 푼만 주시면 안 될까요?"

"이 손수레를 우리 집까지 가져다주면 한 푼이 아니라 네 푼을 주마."

그 말에 피노키오는 기분이 상해서 말했다.

"뭐라고요? 내 말 잘 들어요. 나는 당나귀도 아니고 손수레도 끌어본 적이 없어요!"

"잘됐구나. 하지만 얘야, 그런 식으로 살려면 네 그 잘난 자만심이나 실컷 먹다 소화불량에 걸리지 않도록 조심하렴."

잠시 뒤 이번에는 벽돌공이 석회가 든 바구니를 짊어지고 지나갔다.

"나리, 너무 배가 고파서 하품만 하는 이 불쌍한 어린이에게 한 푼만 주시겠어요?"

"주고말고. 대신 나와 함께 석회를 날라주려무나. 그러면 한 푼이 아니라 다섯 푼이라도 주지."

"하지만 석회는 무겁단 말이에요. 나는 힘든 일을 하기 싫어요." 피노키오가 말했다.

"얘야, 힘든 일이 싫으면 그렇게 하품이나 하고 서 있으려무나."

30분도 채 안 되는 사이에 스무 명 남짓한 사람이 지나갔고 피노키오는 그때마다 구걸했다. 하지만 사람들의 대답은 한결같았다.

"부끄럽지도 않니? 길거리에서 빈둥거리고 있지 말고 일자리를 구해서 네 힘으로 밥벌이를 해야지!"

그러던 와중에 선량해 보이는 아가씨가 물통 두 개를 들고 지나갔다.

"착한 아가씨, 물통에 든 물을 한 모금만 마시게 해주시겠어요?" 피노키오가 목이 타서 말했다.

"마음껏 마시렴, 얘야!" 아가씨가 물통을 바닥에 내려놓으며 말했다.

스펀지가 물을 빨아들이듯 물을 들이켠 다음 피노키오는 입을 닦으며 나지막하게 중얼거렸다.

"목마름은 가셨으니 이제 배를 좀 채웠으면……." 피노키오의 말을 들은 선량한 아가씨가 말했다.

"물통 하나만 우리 집까지 들어다 주면 큼직한 빵 조각을 줄게."

피노키오는 물통을 한번 쳐다보더니 좋다 싫다 말을 안
했다.

"빵도 주고 기름이랑 식초로 양념을 한 맛있는 콜리플라
워 요리도 줄게." 마음씨 착한 아가씨가 말했다.

피노키오는 또 한번 물통을 쳐다만 보고 여전히 좋다 싫
다 말을 안 했다.

"콜리플라워 요리를 먹은 다음에는 달콤한 시럽이 든 사
탕도 줄게."

마지막 유혹에 피노키오는 더는 버티지 못하고 마음을
굳혔다.

"어쩔 수 없죠. 그렇다면 물통을 들어다 드릴게요."

물통이 손으로 들지 못할 정도로 무거워 피노키오는 물
통을 머리에 이고 가야 했다.

집에 도착하자 마음씨 착한 아가씨는 피노키오를 상차
림이 끝난 작은 식탁에 앉히고 빵
과 콜리플라워 요리와 사탕을
내놓았다.

피노키오는 음식을 먹는
다기보다 말 그대로 입속에
쑤셔 넣었다. 피노키오의 뱃
속은 다섯 달 동안이나 아무

도 살지 않은 텅 빈 마을 같았다.

성난 것처럼 배를 물어뜯던 허기가 가시자 피노키오는 친절을 베풀어준 아가씨에게 고맙다는 인사를 하기 위해 고개를 들었다.

아가씨의 얼굴을 보자마자 피노키오는 놀라서 "오!" 하고 기나긴 탄성을 내뱉었다. 포크를 치켜들고 빵과 콜리플라워를 가득 넣은 입을 벌린 채 두 눈을 크게 뜨고 마법에 걸린 듯 동작을 멈췄다.

"왜 그렇게 놀라니?" 마음씨 착한 아가씨가 웃으면서 말했다.

"당신은……. 당신은……. 아가씨와 닮은 사람이 있어요. 당신을 보면 생각나는 사람이 있어요……. 그래요, 목소리도 눈도 머리카락도 똑같아요. 그래요, 당신도 똑같이 파란 머리네요! 아, 요정님. 아, 요정님. 당신이라고 말해주세요. 더는 저를 울리지 마세요. 얼마나 울었는지 모를 거예요. 얼마나 많이 울고 얼마나 후회했는지 모를 거예요."

피노키오는 그렇게

말하면서 엉엉 울음을 터뜨렸다. 피노키오는 바닥에 무릎을 꿇고 신비한 여인의 무릎을 끌어안았다.

제25장

꼭두각시로 사는 것이 지겨워진 피노키오는
진짜 아이가 되기 위해 말도 잘 듣고
공부도 열심히 하겠다고 요정과 약속한다.

"말썽꾸러기 꼭두각시 같으니라고! 날 어떻게 알아보았니?"

"요정님을 너무나 사랑해서 알아볼 수 있었어요."

"기억나니? 지난번 헤어질 땐 소녀였는데 나는 이젠 어른이 되었어. 누나가 아니라 네 엄마가 될 수 있을 만큼 컸단다."

"너무 좋아요. 이제 누나가 아니라 엄마라고 부를 수 있으니까요. 예전부터 다른 아이들처럼 엄마가 있기를 바랐어요! 그런데 어떻게 이렇게 빨리 어른이 된 거죠?"

"그건 비밀이란다."

"저한테도 가르쳐주세요. 저도 크고 싶어요. 저 좀 보세요. 제 키는 항상 몽당연필만 해요."

"너는 자랄 수 없단다." 요정이 말했다.

"왜요?"

"꼭두각시는 자라지 않으니까. 태어날 때 꼭두각시면 꼭두각시로 살고 꼭두각시로 죽는 거란다."

"저는 꼭두각시로 살기 싫어요!" 피노키오가 자기 머리를 때리며 소리 질렀다. "저도 진짜 사람이 되고 싶어요."

"사람이 될 만한 자격이 생기면 언젠가는 그렇게 될 수 있어."

"정말요? 어떻게 해야 사람이 될 자격이 생기는데요?"

"간단해. 착한 아이처럼 생활하는 습관을 들이면 돼."

"저는 착한 아이가 아닌가요?"

"전혀 아니지! 착한 아이는 말을 잘 듣는데, 너는……."

"말을 듣는 법이 없죠."

"착한 아이는 공부도 열심히 하고 일도 열심히 하는데, 너는……."

"게으름뱅이에다 일 년 내내 빈둥거리기나 하죠."

"착한 아이들은 언제나 바른말만 하는데……."

"저는 거짓말을 밥 먹듯이 해요."

"착한 아이들은 학교에 가는 것을 좋아하는데……."

"저는 학교 생각만 하면 온몸이 욱신거려요. 하지만 이제부터는 바뀔 거예요."

"약속하니?"

"약속해요. 착한 아이가 돼서 아빠를 기쁘게 해드리고 싶어요. 그런데 우리 불쌍한 아빠는 대체 어디에 계시는 걸까요?"

"그건 나도 잘 모른단다."

"아빠를 다시 만나 꼭 껴안아드릴 날이 올까요?"

"그럼. 분명히 올 거야."

피노키오는 그 말에 너무 기뻐서 요정의 손을 잡고 정신없이 입을 맞추었다. 그러다 고개를 들고 사랑스러운 눈빛으로 요정을 바라보며 물었다.

"이제 사실대로 말해주세요, 엄마. 정말로 죽었던 건 아니었죠?"

"아마 그랬을 거야."

"'파란 머리 소녀 여기 잠들다'라는 비석을 읽었을 때 제가 얼마나 목이 메고 마음 아팠는지 모를 거예요."

"알고 있어. 그래서 너를 용서해줄 거야. 네가 진심으로 가슴 아파하는 것을 보고 네 마음이 착하다는 것을 알게 됐지. 마음이 착한 아이는 조금 말썽을 부리고 나쁜 습관이 있어도 희망이 있단다. 언젠가는 바른길로 돌아올 희망이 있어. 그래서 너를 찾아 여기까지 온 거란다. 이제부터 내가 네 엄마가 되어줄게."

"와! 너무 좋아요!" 피노키오는 기쁜 나머지 팔짝팔짝 뛰었다.

"대신 말을 잘 듣고 항상 내가 하라는 대로 해야 한다."

"그럼요! 당연하죠!"

"그럼 내일부터 학교에 가렴." 요정이 말했다.

그 말에 흥분이 금세 조금 가라앉았다.

"그런 다음 네게 맞는 기술이나 일을 배우는 거야."

피노키오의 표정이 금세 조금 굳었다.

"너 지금 뭐라고 투덜거렸니?" 요정이 조금 화난 듯한 목소리로 물었다.

"학교에 가기엔 너무 늦은 것이 아닌가 해서요." 피노키오가 기어드는 소리로 우물거렸다.

"그렇지 않아. 공부하고 배우는 데는 때가 없는 거란다."

"하지만 나는 기술을 배우고 싶지도 않고 일을 배우고 싶지도 않아요."

"왜?"

"그거야 일하면 힘드니까요."

"애야, 그런 말을 하는 사람은 언젠가는 감옥이나 병원 신세를 지는 거란다. 내 말 잘 새겨들으렴. 사람은 부자로 태어나든 가난하게 태어나든 뭔가는 해야 해. 직업을 가지고 일을 해야 해. 게으름 앞에 무릎을 꿇으면 큰일이란다. 게으름은 끔찍한 병과 같아서 어렸을 때 바로 고쳐야 해. 어른이 된 다음에는 고칠 수 없거든."

요정의 말이 마음에 와닿은 피노키오는 씩씩하게 고개를 들고 요정에게 말했다.

"공부도 하고, 일도 하고 엄마가 시키는 일이라면 뭐든 다 할게요. 이제 꼭두각시로 살기 싫어졌으니까요. 어떡하든 진짜 어린이가 되고 싶어요. 진짜 어린이로 만들어주기로 약속하시는 거죠, 그렇죠?"

"그럼, 약속하고말고. 이제부터는 너 하기에 달렸단다."

제26장

피노키오는 무서운 상어를 보려고
학교 친구들과 바닷가에 간다.

다음날 피노키오는 동네 학교에 갔다. 꼭두각시가 학교에 왔
을 때 짓궂은 아이들의 반응이 어땠을지 한번 상상해보라!
아이들은 배꼽을 잡고 웃어댔다. 피노키오를 놀려대고 모자
를 벗기고 뒤에서 웃옷을 잡아당기고 잉크로 코밑에 커다란

콧수염을 그려놓기도 했다. 심지어는 피노키오의 손과 발에 끈을 묶어서 춤을 추게 하려는 아이도 있었다.

얼마 동안은 피노키오도 꾹 참고 신경 쓰지 않는 척했다. 그러다 도저히 참을 수가 없을 지경이 되자 제일 심하게 괴롭히고 놀려대는 녀석들에게 정색하고 쏘아붙였다.

"너희 조심해. 나는 너희들 놀림감이 되려고 학교에 온 것이 아니야. 내가 다른 사람들을 존중하는 만큼 나도 존중받고 싶어."

"악당 주제에 입만 살았구나. 너 지금 교과서라도 읽는 거냐?"

개구쟁이들은 그렇게 외치며 미친 듯이 웃어댔다. 아이 중 한 명이 피노키오의 코를 잡으려고 손을 내밀었다.

하지만 미처 손이 코에 닿기도 전에 피노키오가 책상 밑으로 다리를 뻗어 녀석의 정강이를 향해 발차기를 날렸다.

"어이쿠! 무슨 다리가 이렇게 딱딱해?" 얻어맞은 아이가 멍든 정강이를 문지르며 외쳤다.

"팔꿈치는 또 어떻고? 다리보다 더 딱딱하잖아!"

짓궂은 장난을 치다가 피노키오에게 팔꿈치로 배를 얻어맞은 다른 아이가 말했다.

발길질을 한 번 날리고 팔꿈치로 한 번 때리고 나서 피노키오는 학교 친구들의 존경과 호감을 얻었다. 다들 피노키오를 끼고돌며 진심으로 아껴주었다.

선생님도 항상 피노키오를 칭찬했다. 피노키오가 수업 시간에도 집중하고 공부도 열심히 하고 똑똑하고 가장 먼저 학교에 와서 수업이 끝난 뒤에도 마지막까지 자리를 지켰기 때문이다.

피노키오의 유일한 단점은 친구가 너무 많다는 것이었다. 그중에는 공부 안 하고 못된 짓만 골라 하기로 유명한 개구쟁이들도 있었다.

"조심하렴, 피노키오. 그런 못된 친구들과 어울리면 언젠가는 너도 공부를 소홀히 하게 될 거야. 정말 큰일을 당할 수도 있어."

선생님은 하루도 빠짐없이 피노키오에게 경고했다. 마음씨 착한 요정도 마찬가지였다.

하지만 그럴 때마다 피노키오는 어깨를 한 번 으쓱해 보이고 이렇게 말했다.

"걱정하지 마세요." 피노키오는 '다 생각이 있어요'라는 듯이 검지로 자기 이마 한가운데를 짚어 보였다.

그러던 어느 화창한 날 학교에 가는데 말썽꾸러기 친구들이 우르르 몰려왔다.

"너 그 소식 들었어?"

"무슨 소식?"

"이 근처 바다에 덩치가 산만 한 상어가 나타났대."

"정말? 설마 우리 불쌍한 아빠를 물에 빠뜨린 그 상어일까?"

"지금 상어를 보러 바닷가로 가는 길이야. 같이 갈래?"

"나는 됐어. 학교에 가야 해."

"학교가 뭐가 그리 중요해? 내일 가면 되지. 수업 한 번 빠졌다고 멍청한 놈이 얼마나 똑똑해지겠어?"

"선생님이 뭐라고 하실 텐데."

"그러든지 말든지. 원래 선생님은 매일 투덜거리라고 월급을 주는 거야."

"엄마는 어쩌고?"

"원래 엄마들은 아무것도 몰라!" 못된 녀석들이 대답했다.

"상어를 보고 싶기는 해. 그럴 만한 이유가 있으니까. 하지만 수업이 끝난 다음에 갈래."

"멍청한 녀석! 그렇게 큰 상어가 네가 올 때까지 가만히 기다리고 있을 것 같아? 조금 지겨워지면 바로 다른 곳으로 가버릴걸? 못 본 사람만 손해지 뭐."

"여기서 바닷가가 얼마나 걸리지?"

"한 시간이면 충분히 다녀올 수 있어."

"그래, 좋아! 가장 먼저 도착하는 사람이 이기는 거다!"

피노키오가 외쳤다.

　출발 신호가 떨어지자마자 말썽꾸러기들은 책과 공책을 팔에 끼고 들판을 달리기 시작했다. 피노키오는 발에 날개라도 달린 듯이 선두 자리를 놓치지 않았다.

　피노키오는 이따금 뒤를 돌아보며 한참 뒤처진 친구들을 놀려댔다. 친구들이 먼지를 잔뜩 뒤집어쓴 채 혀를 길게 늘어뜨리고 숨을 헐떡거리는 것을 보고 신나게 웃었다.

　그때까지만 해도 불쌍한 피노키오는 얼마나 무섭고 끔찍한 일이 자기를 기다리고 있는지 꿈에도 몰랐다.

제27장

피노키오와 친구들 사이에 큰 싸움이 벌어진다.
친구 한 명이 다치는 바람에 피노키오는 경찰관에게 체포된다.

바닷가에 이르자마자 피노키오는 바다를 둘러보았지만, 상
어는 어디에도 보이지 않았다. 커다란 수정 거울 같은 바다
만이 매끄럽게 펼쳐져 있을 뿐이었다.

"상어는 어디 있어?" 피노키오가 친구들을 향해 물었다.

"아침 먹으러 갔나 보지." 한 녀석이 웃으며 말했다.

"아니면 낮잠 자려고 침대에 누웠든가." 다른 녀석이 소
리 높여 웃으며 말했다.

친구들이 말도 안 되는 대답을 늘어놓으며 낄낄 웃어대
자 피노키오는 자기가 속았다는 것을 알아챘다. 친구들이 거
짓말로 못된 장난을 쳤다는 것을 깨달은 피노키오는 기분이
상해서 화난 목소리로 물었다.

"그래서? 상어 이야기로 나를 속여서 얻는 게 뭐야?"

"얻는 게 왜 없어?" 말썽꾸러기들이 입 모아 합창했다.

"그게 뭔데?"

"네가 학교에 안 가고 우리랑 오게 만든 거. 매일 아침 일찍 그렇게 열심히 학교에 가는 게 부끄럽지도 않니? 그렇게 부지런히 공부하는 게 부끄럽지도 않나?"

"내가 공부하는 게 너희랑 무슨 상관인데?"

"상관이 왜 없어. 너만 그렇게 열심히 하면 선생님이 우리를 더 안 좋게 생각하잖아."

"그게 무슨 말이야?"

"너 같은 모범생들은 우리처럼 공부 안 하는 아이들을 하찮게 보이게 한단 말이야. 우린 그게 싫어. 우리도 자존심이 있다고!"

"내가 어떻게 해야겠니?"

"너도 우리의 3대 원수인 학교와 수업과 선생님을 싫어하면 돼."

"내가 계속 열심히 공부한다면?"

"그러면 우리랑은 끝이야. 그리고 언젠가 우리한테 혼쭐이 한번 날 거야."

"솔직히 너희들 웃기지도 않는다."

"이봐, 피노키오! 잘난 척하지 마! 우리 앞에서 뻐기지 말라고! 너 우리가 안 무서운가 본데 그건 우리도 마찬가지야! 네놈은 혼자고 우리는 일곱이라는 걸 잊지 말라고!" 아이들 가운데 가장 덩치가 큰 녀석이 피노키오 앞으로 바싹 다가서며 말했다.

"일곱이면 일곱 가지 대죄로구나!" 피노키오가 크게 웃으며 말했다.

"모두 들었어? 저 녀석이 우리를 모욕했어! 우리보고 대죄래!"

"사과해, 피노키오! 안 그러면 가만두지 않을 거야!"

"멍멍! 어디서 개 짖는 소리가 들리네." 피노키오가 아이들을 놀리며 검지 끝으로 자기 코를 두드렸다.

"너 정말 혼나 볼래?"

"멍멍!"

"개처럼 두들겨 맞을 줄 알아!"

"멍멍!"

"코를 부러뜨려버릴 거야!"

"멍멍!"

"개 소리는 네놈 입에서 나오게 해주지! 우선 저녁 반찬으로 이 주먹이나 받아먹어라!"

일당 중 제일 성격이 불같은 녀석이 피노키오에게 달려들어 머리에 주먹을 날렸다.

눈에는 눈, 이에는 이! 피노키오는 기다렸다는 듯이 녀석을 향해 주먹을 날렸고 그 후 모두가 달려들면서 싸움은 더 격렬해졌다.

피노키오는 혼자인데도 영웅처럼 싸웠다. 단단한 발을 화려하게 놀리면서 적들과 거리를 유지했다. 발이 닿는 곳마다 기념으로 시퍼런 멍을 남겨 주었다.

몸싸움으로는 피노키오의 적수가 안 되자 약이 오른 아이들은 뭐라도 집어 던져야겠다고 생각했다. 아이들은 책보따리를 풀어 피노키오를 향해 철자 교본, 문법책을 비롯해 훌륭한 작가들이 쓴 이야기책과 온갖 교과서를 던지기 시작했다. 하지만 눈썰미가 날카로운 피노키오가 잽싸게 고개를 숙여 피하는 바람에 책들은 피노키오의 머리를 스치고 지나가 바다로 떨어지고 말았다.

쏟아지는 책 때문에 물고기들은 또 얼마나 놀랐을까! 물고기들은 책이 먹이라고 생각하고 떼를 지어 수면 위로 고개를 내밀었다가 책 표지와 종이를 조금 물어뜯어보고는 바로 퉤퉤 내뱉고 입술을 실룩였다.

마치 '이건 못 먹을 거야. 우리 먹이는 이것보다는 훨씬 맛있다고!'라고 하는 것 같았다.

그새 싸움은 점점 격렬해졌다.

참다 못해 물 밖으로 나온 커다란 게 한 마리가 느릿느

릿 바닷가 모래사장까지 기어올라와 감기 걸린 트롬본 같은
목소리로 소리를 질렀다.

"그만해, 이 못 말리는 말썽꾸러기들아! 아이들 싸움은
좋게 끝나는 법이 없어. 항상 사고가 생긴다니까!"

불쌍한 게! 차라리 지나가는 바람에 대고 말하는 편이
좋았을 것을. 못된 피노키오는 게를 매섭게 쩌려보며 쏘아붙
였다.

"재수 없는 게 같으니라고. 닥쳐! 할 일 없으면 목감기라
도 낫게 저기 가서 이끼로 만든 알약이나 두 알 삼키고 침대
에 누워 땀이나 빼지 그래!"

그러는 동안 던질 수 있는 책을 다 던진 아이들은 근처
에 있던 피노키오의 책보따리를 재빨리 가로챘다.

책 중에는 두껍고 딱딱한 종이로 표지를 만들고 책등과
모서리를 양피지로 싼 책이 있었는데 바로 수학책이었다. 그
책이 얼마나 무거웠을지는 여러분의 상상에 맡기겠다.

일동 중 하나가 수학책을 집어 들고 피노키오의 머리를 향해 온 힘을 다해 던졌다. 하지만 책은 피노키오가 아니라 다른 아이의 머리에 정확히 내리꽂혔다. 아이는 깨끗하게 빨아서 새하얘진 천처럼 얼굴이 창백해졌다.

"엄마야, 나 죽네. 나 좀 살려줘!" 아이는 이 말 한마디를 간신히 내뱉고는 모래사장에 축 늘어져버렸다.

친구가 죽어가는 모습에 아이들은 겁이 나서 잽싸게 도망가버리고 눈 깜짝할 새 해변에는 아무도 보이지 않았다.

하지만 피노키오만은 쓰러진 아이 곁에 남았다. 두려움과 아픈 마음에 피노키오는 쓰러진 아이 못지않게 죽었는지 살았는지 구분이 안 될 정도로 정신이 없었다. 그럼에도 피노키오는 바닷물을 손수건에 적셔 불쌍한 친구의 이마를 닦아주었다. 피노키오는 펑펑 눈물을 쏟으며 친구의 이름을 목 놓아 불렀다.

"에우제니오! 불쌍한 내 친구 에우제니오! 제발 눈을 뜨고 나를 좀 봐. 왜 대답을 안 하니? 내가 그런 게 아니야. 믿어줘, 내가 그런 게 아니야. 눈 좀 떠봐, 에우제니오. 그렇게 눈을 감고 있으면 나도 죽을 것 같아. 아, 하느님. 이제, 이제 어떻게 집에 돌아가죠? 무슨 낯으로 우리 착한 엄마를 보나요? 나는 어떻게 될까? 어디로 도망가야 하지? 어디에 숨어야 하지? 그냥 학교에 갔으면 얼마나 좋았을까! 왜 도움 안 되는 친구들의 말을 들었을까? 선생님도 그러지 말라고 하셨는데. 엄마도 몇 번이나 나쁜 친구들을 조심하라고 말씀하셨는데. 나는 못 말리는 고집불통에 멍청이야. 다른 사람이 뭐라고 하든 내 멋대로 하고 결국은 그 대가를 치르지. 태어날 때부터 착한 아이였던 적이 없어. 아, 하느님. 이제 나는 어떻게 될까요? 나는 대체 어떻게 될까요?" 피노키오는 울며불며 주먹으로 제 머리를 때리고 불쌍한 에우제니오의 이름을 불렀다. 그때 쿵쾅거리는 발소리가 다가왔다.

고개를 들어보니 경찰관 두 명이 서 있었다.

"땅에 엎드려서 뭘 하고 있니?"

"학교 친구를 돌보고 있어요."

"어디가 아프니?"

"그런 것 같아요."

"아픈 정도가 아닌데?" 경찰관 중 한 명이 허리를 굽혀 에우제니오를 살핀 후 말했다.

"이마를 다쳤는데 누가 그랬지?"

"저는 아니에요." 피노키오가 더듬거렸다. 겁이 나서 숨도 제대로 못 쉴 지경이었다.

"네가 그런 것이 아니라면 대체 누가 그랬다는 말이냐?"

"아무튼, 저는 아니에요." 피노키오가 말했다.

"뭐로 맞았는데?"

"이 책에 맞았어요." 피노키오가 땅에 떨어진 양피지로 책등과 모서리를 싼 두꺼운 수학책을 주워서 경찰관에게 보여주었다.

"그럼 이 책의 주인은 누구지?"

"저요."

"그럼 됐다. 그 정도로 충분해. 일어나서 같이 가자."

"하지만 저는……."

"같이 가자니까?"

"아무 짓도 하지 않았어요."

"같이 가자니까!"

떠나기 전에 경찰관들은 마침 배를 타고 바닷가 근처를 지나던 어부들을 불러서 말했다.

"머리를 다친 아이를 잠시 맡길 테니 집으로 데려가 잘 보살펴주시오. 내일 그 애를 보러 돌아오겠소."

두 경찰관은 피노키오에게 다가와 자기들 사이에 세운 뒤 군대식 말투로 명령했다.

"앞으로 가! 빨리 걸어! 안 그러면 너만 손해야."

피노키오는 경찰관들이 두 번 말하기 전에 알아서 마을로 이어지는 오솔길을 걷기 시작했다. 하지만 불쌍한 피노키오는 제정신이 아니었다. 마치 꿈을 꾸는 것 같았다. 끔찍한 악몽 말이다. 넋이 나가서 모든 것이 두 개로 보이고 다리는 후들후들 떨리고 혀가 입천장에 딱 달라붙어서 한마디도 할 수 없었다. 머리가 멍하고 어안이 벙벙한 상태에서도 경찰관들과 함께 마음씨 착한 요정 집 앞을 지나가야 한다는 생각에 날카로운 가시에 찔린 것처럼 가슴이 아팠다. 차라리 죽는 것이 나을 것 같았다.

마을에 들어서는데 어디선가 불어온 세찬 바람에 피노키오의 모자가 벗겨졌다. 모자는 열 걸음 정도 떨어진 곳으로 날아가버렸다.

"죄송하지만 모자를 주워와도 될까요?" 피노키오가 경찰관들에게 물었다.

"그래, 대신 서둘러라."

피노키오는 달려가 모자를 주웠다. 하지만 모자를 머리

에 쓰는 대신에 입에 물고는 바닷가를 향해 총알처럼 빠르게 냅다 뛰었다.

경찰관들은 피노키오를 따라잡기를 포기하고 커다란 마스티프종 개를 풀어 쫓아가게 했다. 경찰견 경주 대회를 모두 휩쓴 맹견이었다. 하지만 피노키오는 그 개보다 더 빨랐다. 사람들은 모두 창밖으로 얼굴을 내밀거나 길 한가운데 선 채로 그 치열한 경주에서 누가 승리할지 초조하게 지켜보았다.

하지만 사람들은 승부의 결과를 알 수 없었다. 개와 피노키오가 커다란 흙먼지를 일으키며 눈 깜짝할 사이에 멀리 사라져버렸기 때문이다.

제28장

피노키오는 생선처럼 프라이팬에 튀겨질 위험에 처한다.

개의 이름은 알리도로였다. 알리도로는 끈질기게 달려서 피노키오를 거의 따라잡았다. 채 한 뼘도 안 되는 거리에서 개의 헐떡이는 숨소리가 들려오고 뒤통수에 뜨거운 입김이 느껴지는 순간, 필사적으로 달리던 피노키오도 이제는 다 틀렸다고 생각했다.

하지만 다행히 그새 바닷가에 거의 다 이르러 불과 몇 발자국 앞에 바다가 보였다.

바닷가에 이르자마자 피노키오는 개구리처럼 펄쩍 뛰어 바닷물을 향해 멋지게 뛰어들었다. 알리도로는 멈추려 했지만 달리던 힘 때문에 그만 물에 빠지고 말았다.

헤엄을 칠 줄 몰랐던 불쌍한 알리도로는 물에 가라앉지 않으려고 다리를 허우적댔다. 하지만 발버둥을 치면 칠수록 머리가 점점 더 물속으로 가라앉았다.

다시 물 위로 올라왔을 때 불쌍한 개는 겁에 질린 나머지 눈이 풀려 있었다.

"나 물에 빠졌어! 살려줘!"

알리도로가 짖어댔다.

"꼴좋다! 빠져 죽어라!"

이미 자기는 위험에서 벗어났다고 생각한 피노키오가 멀리서 외쳤다.

"도와줘, 피노키오! 제발 살려줘!"

알리도로의 절망적인 외침에, 알고 보면 마음씨가 고운 피노키오는 불쌍한 마음이 들었다.

"도와주면 나를 쫓아오지 않겠다고 약속할 수 있어?"

"약속할게! 약속하고말고! 서둘러! 조금만 더 망설이면 나는 빠져 죽고 말 거야."

피노키오는 잠시 망설였다. 하지만 그때 착한 일을 하면 손해 볼 일은 없다던 아빠의 말이 떠올라, 알리도로에게 헤엄쳐 가서 두 손으로 꼬리를 붙잡고 마른 모래 위로 안전하게 데려다주었다.

불쌍한 개는 힘이 없어서 제대로 서지도 못했다. 소금물을 어찌나 많이 마셨는지 배가 공처럼 빵빵했다. 하지만 개를 완전히 믿을 수 없었던 피노키오는 조심하려고 다시 물속으로 뛰어들었다. 피노키오는 반대편으로 헤엄쳐 가며 자기가 구해준 친구에게 외쳤다.

"안녕, 알리도로! 잘 가! 가족에게 안부 전해줘!"

"안녕, 피노키오! 목숨을 구해줘서 고마워. 넌 내게 큰 도움을 주었어! 좋은 일은 반드시 보상을 받는 법이야. 기회가 있으면 이 은혜를 꼭 갚을게!"

피노키오는 해안선을 따라 계속 헤엄쳐 갔다. 한참을 가다 드디어 안전해 보이는 곳이 나타났다. 바닷가 쪽을 바라보니 바위 사이에 동굴 같은 것이 있고 거기서 깃털 같은 연기가 나고 있었다.

"동굴 안에서 불을 피우고 있나 봐. 잘됐다. 몸을 좀 말리고 덥혀야겠어. 하지만 그런 다음엔 어쩌지? 에라, 모르겠다. 될 대로 대라지."

피노키오는 이런 결론을 내리고 바위 쪽으로 다가갔다. 그런데 피노키오가 막 바위를 기어오르려 할 때 물 밑에서 무엇인가가 점점 올라와 피노키오의 몸을 공중으로 들어 올렸다. 피노키오는 도망치려 했지만 이미 늦었다. 피노키오는 자기도 모르는 새 커다란 그물에 갇힌 것이다. 그물 안에는 온갖 모양과 크기의 물고기가 버림받은 영혼들처럼 서로 부대끼면서 꼬리를 퍼덕거리고 있었다.

그 순간 동굴에서 끔찍하게 생긴 어부가 나왔다. 어찌나 끔찍한지 사람이 아니라 바다
괴물처럼 보였다. 머리에는
머리카락 대신 녹색 물풀이
무성했다. 그뿐만이 아니
었다. 몸도, 눈도, 바닥까지
길게 늘어진 수염까지 모두
녹색이었다. 마치 뒷발로
우뚝 서 있는 거대한 도마
뱀처럼 보였다.

그물을 건져 올린 어부가 만족스럽게 외쳤다.

"오! 너그러운 신이시여! 오늘도 생선을 배불리 먹을 수
있겠군!"

"내가 물고기가 아닌 게 다행이네." 조금 용기를 되찾은
피노키오가 혼잣말했다.

어부는 물고기가 가득 든 그물을 동굴로 가지고 갔다.
동굴은 어두웠고 연기 때문에 공기가 매캐했다. 동굴 한가운
데에는 커다란 프라이팬에 기름이 펄펄 끓고 있었다. 고약한
기름 냄새 때문에 코가 마비되고 숨이 막힐 것 같았다.

"자, 그럼 무슨 생선을 잡았는지 어디 한번 볼까?"

초록색 어부가 화덕에 빵을 넣을 때 쓰는 삽 같은 손을
그물에 넣더니 숭어를 한 움큼 꺼냈다. 어부의 손은 몸집에

비해서 너무 컸다.

"맛 좋은 숭어로구나!"

어부는 만족스러운 표정으로 숭어를 살펴보고 킁킁 냄새를 맡아보기도 했다. 실컷 냄새를 맡은 후에는 물이 들어 있지 않은 양동이에 던져 넣었다.

그렇게 한참 동안 똑같은 행동을 되풀이했다. 어부는 그물에서 물고기를 꺼낼 때마다 군침이 도는지 흡족한 목소리로 말했다.

"이 대구는 상태가 좋군!"

"이야, 맛있는 도다리다!"

"넙치는 정말 별미지!"

"머리를 떼지 않은 멸치는 귀엽게 생겼는걸?"

예상했겠지만 대구와 도다리와 넙치와 정어리는 되는대로 양동이에 내던져져 먼저 있던 숭어와 친구가 되었다.

마지막까지 그물에 남은 것은 피노키오였다.

그물에서 피노키오를 꺼내 든 어부의 녹색 눈이 놀라움에 휘둥그레졌다. 그는 거의 겁에 질린 목소리로 외쳤다.

"이건 대체 무슨 물고기지? 이런 생선은 한 번도 못 먹어봤는데!"

어부는 피노키오를 찬찬히 살피기 시작했다.

"알았다! 이건 바닷게가 틀림없어!"

피노키오를 요리조리 뜯어본 어부가 결론을 내렸다.

자기를 보고 바닷게라고 하는 말에 기분이 상한 피노키오가 토라진 목소리로 말했다.

"바닷게라뇨? 대체 저를 뭘로 보는 거예요? 모르시나 본데 저는 꼭두각시라고요!"

"꼭두각시라고? 꼭두각시라는 물고기는 한 번도 먹어본 적이 없는데. 잘됐다. 네 녀석을 더 맛있게 먹어주겠어."

"저를 먹겠다고요? 물고기가 아니라니까요? 저도 당신처럼 말하고 생각한다고요!"

"네 말이 맞아. 네가 나처럼 말하고 생각할 줄 아는 물고기니 나 역시 네게 마땅한 대우를 해줘야겠지."

"마땅한 대우라니요?"

"특별한 우정과 존경의 표시로 요리 방법을 선택하게 해주지. 프라이팬에 튀겨줄까, 아니면 냄비에 넣고 토마토소스에 익혀줄까?"

"정말로 제가 선택해야 한다면 저를 풀어주셨으면 해요. 집으로 돌아가게요."

"너 지금 농담하는 거냐? 너처럼 구하기 힘든 생선을 먹어볼 기회를 놓칠 것 같아? 꼭두각시 물고기를 잡는 것이 어디 매일 있는 일인 줄 알아? 그냥 내가 알아서 해야겠다. 네 녀석을 다른 생선들과 프라이팬에 튀겨주마. 그게 너한테도 좋을 거야. 친구들과 함께 튀겨지면 외롭지 않을 테니까."

불쌍한 피노키오는 정신 나간 어부의 말에 울부짖으며 애원했다.

"그냥 학교에 갔으면 얼마나 좋았을까! 친구들의 말을 들은 대가를 이렇게 치르는구나! 엉엉!" 피노키오가 흐느껴 울며 말했다.

피노키오가 녹색 어부의 손아귀에서 벗어나려고 용을 쓰며 장어처럼 몸부림치자 어부는 갈대로 피노키오의 손과 발을 소시지처럼 묶어 다른 생선들과 함께 양동이에 내던져 버렸다.

그런 다음 어부는 밀가루가 가득 든 더러운 나무 그릇을 꺼내서 양동이에 넣은 생선에 밀가루 옷을 입히기 시작했다. 밀가루를 다 묻힌 생선은 프라이팬으로 직행했다.

가장 먼저 펄펄 끓는 기름에서 춤을 추기 시작한 것은 가련한 대구들이었다. 그런 다음 도다리, 넙치, 멸치 순으로 튀겨진 후 마침내 피노키오의 차례가 왔다. 피노키오는 끔찍한 죽음이 눈앞에 닥치자 너무 겁이 나고 떨려서 살려달라는 말조차 할 수 없었다.

불쌍한 피노키오는 애원의 눈빛을 보냈지만, 녹색 어부는 아랑곳하지 않고 피노키오를 밀가루에 대여섯 번 굴렸다. 머리끝에서 발끝까지 어찌나 꼼꼼하게 밀가루 옷을 입혔는지 마치 분필로 만든 꼭두각시처럼 보였다.

그런 다음 녹색 어부는 피노키오의 머리를 잡아서…….

제29장

피노키오는 요정의 집으로 돌아간다.

요정은 다음 날이면 피노키오가 꼭두각시가 아니라

진짜 아이가 될 거라고 약속하고

이 좋은 일을 축하하기 위해 커피 우유로

근사한 아침을 차려주기로 한다.

녹색 어부가 피노키오를 프라이팬에 던져 넣으려는 찰나, 커다란 개가 코를 찌르는 맛있는 냄새에 이끌려 동굴 안으로 들어왔다.

"저리 가!" 어부가 밀가루 범벅이 된 피노키오를 손에 든 채 개를 위협했다.

하지만 혼자서 4인분은 너끈히 먹어치울 정도로 배가 고팠던 불쌍한 개는 낑낑거리며 꼬리를 흔들었다.

마치 '귀찮게 하지 않을 테니 튀김 한 입만 주쇼'라고 말하는 듯했다.

"저리 꺼지라니까!" 어부가 발길질을 하며 말했다.

그러자 배가 고프면 콧잔등에 파리 한 마리 못 앉게 하는 개가 어부에게 무시무시한 송곳니를 드러내 보이며 으르렁거렸다.

바로 그때, 동굴에서 가녀린 목소리가 들려왔다.

"살려줘, 알리도로! 네가 도와주지 않으면 튀김이 되게 생겼어."

개는 곧바로 피노키오의 목소리를 알아챘다. 놀랍게도 그 목소리는 어부의 손에 들려 있는 밀가루 반죽에서 나오고 있었다.

그다음에 어떤 일이 벌어졌을까? 개는 펄쩍 뛰어올라 밀가루 반죽을 낚아채 입에 물고 바람처럼 동굴 밖으로 뛰쳐나갔다.

기분 좋게 맛보려던 생선을 빼앗긴 어부는 개를 뒤쫓으려 했지만 몇 걸음 채 못가서 기침이 터져 나와 동굴로 돌아갈 수밖에 없었다.

알리도로는 마을로 가는 오솔길에 들어서자 걸음을 멈추고 친구 피노키오를 조심스레 땅에 내려놔주었다.

"정말 고마워!" 피노키오가 말했다.

"뭘, 너도 나를 살려주었잖아. 은혜를 갚은 것뿐이야. 세

상은 서로 도우며 살아가
는 거야."

"어떻게 그 동굴까지
오게 된 거야?"

"그 근처 바닷가에 죽
은 듯이 쓰러져 있는데 튀
김 냄새가 바람에 실려 왔어. 냄새를 맡으니 배가 고파져서
냄새를 쫓아간 거야. 1분만 더 늦게 도착했어도……."

"그만! 생각만 해도 끔찍하다. 네가 조금만 늦었으면 나
는 먹음직스런 튀김이 돼서 어부의 뱃속에서 소화가 되었을
거야. 으으으, 정말 상상만 해도 소름이 돋는다!"

알리도로는 웃으며 피노키오에게 오른쪽 앞발을 내밀어
보였고 피노키오는 우정을 담아 알리도로의 발을 꼭 잡았다.
그러고 나서 둘은 헤어졌다.

알리도로는 집으로 가고 홀로 남은 피노키오는 멀지 않
은 곳에 있는 오두막으로 갔다. 그곳에서 피노키오는 문 앞
에 앉아 햇볕을 쬐고 있는 노인에게 물었다.

"친절한 할아버지, 한 가지만 여쭤볼게요. 에우제니오라
는 머리 다친 아이를 모르시나요?"

"어부들이 데려온 아이 말이로구나. 그 애라면……."

"죽었군요!" 피노키오가 비통해하며 말했다.

"아니다, 그 애는 멀쩡히 살아 있다. 벌써 자기 집으로 돌아갔는걸."

"정말요? 정말이에요?" 피노키오가 기쁜 마음에 팔짝팔짝 뛰면서 외쳤다.

"상처가 심하지 않았나 보네요?"

"하마터면 큰일 날 뻔했지. 죽을 수도 있었어. 두꺼운 종이로 만든 커다란 책을 맞았으니 말이야."

"누가 그랬대요?"

"피노키오라는 학교 친구가 그랬다더구나."

"피노키오가 누구죠?" 피노키오가 시치미를 뚝 떼고 물었다.

"사람들 말로는 못된 아이라는구나. 불량배에 사고뭉치라던걸?"

"거짓말! 다 거짓말이에요!"

"너도 피노키오를 아니?"

"그냥 얼굴만 아는 정도예요." 피노키오가 말했다.

"네가 보기엔 어땠는데?" 노인이 물었다.

"제가 보기에는 좋은 아이 같았어요. 공부도 열심히 하고, 어른들 말씀도 잘 듣고, 아빠와 가족을 사랑하는 것 같았어요."

피노키오는 뻔뻔하게 거짓말을 늘어놓았다. 그런데 코

를 만져보니 손가락 한 뼘만큼이나 쑥 자라나 있는 것이 아닌가. 피노키오는 겁이 덜컥 났다.

"금방 한 말은 사실이 아니에요. 피노키오라는 아이를 잘 아는데 정말 못되고 말 안 듣고 게으른 아이예요. 학교에 가는 대신 친구들이랑 사고나 치러 다니죠!"

말을 마치자마자 피노키오의 코는 원래 크기로 줄어들었다.

"그건 그렇고 넌 어쩌다 이렇게 새하얗게 된 거니?" 노인이 물었다.

"그건 설명드릴 수 있어요. 방금 칠해 놓은 벽에 모르고 스쳐서 이렇게 된 거예요." 피노키오는 생선처럼 프라이팬에 튀기려고 밀가루를 입힌 거라고 솔직하게 말하기가 창피해서 이렇게 말했다.

"웃옷과 바지와 모자는 어쨌니?"

"도둑한테 빼앗겼어요. 마음씨 좋은 할아버지, 낡은 옷도 괜찮으니 혹시 제게 옷을 주실 수 없을까요? 집에 돌아가야 해요."

"얘야, 내게는 빈 곡식 자루밖에 없구나. 그것도 괜찮다면 가져가렴."

피노키오는 냉큼 빈 자루를 집어 들었다. 그리고 가위로 밑과 양옆을 잘라 구멍을 내고는 그 속에 셔츠처럼 머리와 두 팔을 집어넣었다. 그렇게 대충 옷을 만들어 입고 마을로 향했다.

하지만 길을 가면서도 도무지 마음이 편하지 않았다. 한 발자국 앞으로 갔다가 다시 한 발자국 물러서기를 반복하면서 혼자 생각했다.

'무슨 낯으로 착한 요정님을 보지? 요정님이 나를 보면 뭐라고 할까? 두 번이나 사고를 친 나를 용서해줄까? 용서해주지 않을 거야. 분명해. 하지만 그래도 싸지. 말로만 잘하겠다고 하고 한 번도 약속을 지키지 않았으니까!'

피노키오가 마을에 도착했을 때는 이미 어두운 밤이었다. 날씨도 안 좋고 비가 억수같이 쏟아졌기 때문에 피노키오는 문을 열어달라고 애원하기로 마음을 먹고 곧바로 요정의 집으로 갔다.

하지만 막상 문 앞에 서자 용기를 잃어 문을 두드리지 못하고 스무 걸음 뒷걸음쳤다. 또다시 문 앞으로 다가갔다가, 차마 두드리지 못하고 물러섰다. 세 번째도 마찬가지였다. 네 번째로 집 앞으로 돌아가서야 피노키오는 떨리는 손으로 쇠 문고리를 잡고 조심스레 문을 두드렸다.

한참을 기다려 30분이 지나서야 5층 집 꼭대기 층 창문이 열리더니 머리에 등불을 인 커다란 달팽이가 나타났다.

"이 시간에 누구요?"

"요정님은 집에 있나요?" 피노키오가 물었다.

"요정님은 주무시는데 잠을 깨우면 싫어하신단다. 너는 누구니?"

"저예요!"

"네가 누군데?"

"피노키오요!"

"피노키오가 누군데?"

"이 집에서 요정님과 살던 꼭두각시 말이에요."

"아! 너로구나. 거기서 기다리렴. 빨리 가서 문을 열어주마." 달팽이가 말했다.

"제발 서둘러주세요. 추워 죽겠어요."

"나는 달팽이란다, 얘야. 달팽이는 절대로 서두르지 않는 법이지."

힌 시간이 지나고, 두 시간이 지나도 문은 열리지 않았다. 물에 흠뻑 젖은 채 추위와 두려움에 떨던 피노키오는 용기를 내 아까보다 더 세게 다시 문을 두드렸다.

그러자 아래층 창문이 열리면서 아까 그 달팽이가 다시 얼굴을 내밀었다.

"예쁜 달팽이 아가씨! 벌써 두 시간이나 지났어요! 오늘처럼 궂은 날에 두 시간은 2년보다 더 길게 느껴진답니다. 제발 좀 서둘러주세요." 피노키오가 길에서 소리쳤다.

"얘, 난 달팽이야. 달팽이는 절대로 서두르지 않는단다." 달팽이는 태평하고 침착하게 대답하고서는 창문을 닫아버렸다.

얼마 지나지 않아 자정을 알리는 종소리가 들렸다. 새벽 1시를 알리는 종소리가 울리고 2시를 알리는 종소리가 들려도 문은 여전히 굳게 닫힌 채였다.

결국 피노키오는 참을성을 잃고 집이 부서져라 문을 두드릴 마음으로 문고리를 잡았다. 그런데 갑자기 쇠로 된 문고리가 살아 있는 뱀장어로 변하는 것이 아닌가! 뱀장어는 피노키오의 손에서 빠져나가 길 한가운데 고인 빗물을 따라 유유히 사라져버렸다.

"그래 좋아! 문고리가 없으면 발로 차야겠다!" 약이 잔뜩 오른 피노키오가 외쳤다.

피노키오는 조금 뒤로 물러났다가 현관문을 향해 힘껏 발길질을 날렸다. 어찌나 세게 날렸는지 나무로 만든 문이 부서지면서 발이 반쯤 문에 끼여버렸다. 피노키오는 발을 빼려 해보았지만 역부족이었다. 발은 야무지게 박아 넣은 못처럼 문에 꽉 끼어 꼼짝도 하지 않았다.

불쌍한 피노키오! 결국 피노키오는 한쪽 발은 땅바닥에, 다른 쪽은 허공에 뻗은 채 밤을 지새워야 했다. 아침이 밝아오자 드디어 문이 열렸다. 부지런한 달팽이가 불과 아홉 시간 만에 5층에서 현관까지 내려와준 것이다. 달팽이는 땀을 뻘뻘 흘리고 있었다.

"문에 발이 박힌 채 뭘 하고 있는 거니?" 달팽이가 웃으며 피노키오에게 말했다.

"운이 없었어요. 예쁜 달팽이 아가씨, 이 비참한 상태에

서 벗어나게 해주세요."

"하지만, 얘야. 그러려면 목수가 필요한데 나는 한 번도 목수 일은 해본 적이 없단다."

"그러면 제 대신 요정님께 부탁이라도 해주세요."

"요정님은 주무시는 중인데 잠을 깨우면 싫어하셔."

"그럼 온종일 이대로 발을 문에 박고 있으라는 건가요?"

"길 가는 개미나 세며 쉬고 있으렴."

"그렇다면 먹을 거라도 주세요. 배가 고파서 기절할 것 같아요."

"먹을 거라면 당장이라도 가져다주마."

실제로 세 시간 반 후에 달팽이는 머리에 은쟁반을 이고 돌아왔다. 쟁반에는 빵과 통닭과 잘 익은 살구 네 개가 담겨 있었다.

"요정님이 보내주신 아침 식사야." 달팽이가 말했다.

하늘이 내려주신 선물을 보자 피노키오는 마음이 풀렸다. 하지만 막상 음식을 먹으려고 보니 빵은 백묵으로, 통닭은 종이로, 살구는 진짜처럼 색칠한 석고로 만든 것임을 깨닫고 크게 실망했다.

피노키오는 절망한 나머지 울며불며 쟁반을 내던져버리고 싶었지만, 너무 고통스러워서인지 아니면 너무 배가 고파서인지 그대로 바닥에 쓰러져 정신을 잃고 말았다.

다시 정신을 차렸을 때는 소파 위였고 곁에 요정이 앉아 있었다.

"이번에도 너를 용서해줄게. 하지만 한 번만 더 그러면 그땐 정말 혼날 줄 알아."

피노키오는 공부도 열심히 하고 착하게 굴겠다고 약속

하고 맹세했다. 그리고 그해가 끝날 때까지 약속을 지켰다. 실제로 기말고사에서 피노키오는 1등을 차지했다. 선생님들에게도 모범생이라는 칭찬을 받았다.

그러자 요정은 기뻐하며 말했다.

"내일이면 드디어 네 소원이 이루어질 거야."

"소원이라뇨?"

"내일이면 너는 나무로 만든 꼭두각시가 아니라, 말 잘 듣는 진짜 아이가 되는 거야."

간절히 바라던 말을 들은 피노키오가 얼마나 기뻤는지는 아무도 상상하지 못할 것이다. 다음 날 아침 경사를 축하하기 위해 요정은 피노키오 학교 친구들을 모두 집으로 초대해 근사한 아침 식사를 대접하기로 했다. 요정은 커피 우유 200잔과 양면에 버터를 듬뿍 바른 샌드위치 200개를 준비했다. 즐겁고 기쁜 날이 될 것이 틀림없었다.

하지만…….

불행히도 꼭두각시의 인생에는 언제나 '하지만'이라는 말이 따라다닌다.

제30장

피노키오는 진짜 아이가 되는 대신
친구 램프 심지와 함께 '장난감 나라'로 간다.

요정의 말을 들은 피노키오는 얼른 친구들을 초대하러 동네 한 바퀴를 돌고 오겠다고 했다.

"친구들에게 내일 아침 식사에 초대한다고 말하고 오렴. 대신 날이 저물기 전에는 반드시 돌아와야 한다, 알겠니?" 요정이 말했다.

"한 시간 안에 꼭 돌아올게요." 피노키오가 말했다.

"조심해, 피노키오. 아이들은 말을 쉽게 하지만 제대로 약속을 못 지키곤 하지."

"저는 달라요. 한번 뱉은 말은 꼭 지킨다고요."

"그럼 어디 한번 두고 보자꾸나. 어차피 말을 안 들으면 너만 손해니까."

"왜요?"

"자기보다 현명한 사람의 말을 듣지 않는 아이는 반드시 불행한 일을 겪게 되니까."

"겪어봐서 알아요. 하지만 이제 다시는 그런 일이 없을 거예요."

"정말 그런지 두고 보마."

피노키오는 더 이상 아무 말도 하지 않고 엄마 같은 마음씨 착한 요정에게 인사를 하고 춤추고 노래하며 밖으로 나갔다.

한 시간도 되기 전에 피노키오는 친구들을 모두 초대했다. 어떤 친구는 피노키오를 위해 기뻐해주며 기꺼이 초대를 받아들였지만 망설이는 친구도 있었다. 하지만 그런 아이들도 버터를 양면에 바른 샌드위치를 커피 우유에 적셔 먹을 수 있다는 말에 '우리도 축하해주러 갈게'라고 했다.

여러분은 몰랐겠지만, 피노키오에게는 제일 좋아하는 단짝 친구가 있었다. 이름은 로메오였는데, 멀대처럼 키가 크고 몸이 비쩍 마른 모습이 꼭 밤에 켜는 조그만 램프의 새 심지 같아서 모두 '램프 심지'라고 불렀다.

램프 심지는 학교에서 제일 공부하기 싫어하고 제일 말썽꾸러기였지만 피노키오가 매우 아끼는 친구였다. 피노키오는 가장 먼저 램프 심지를 초대하려고 집으로 찾아갔지만 그는 집에 없었다. 다시 갔을 때도 램프 심지는 없었다. 세 번이나 가봤지만, 헛걸음만 했다.

램프 심지는 어디에 있는 걸까? 피노키오는 사방팔방 찾아 헤매다 마침내 램프 심지가 어느 농가 처마 밑에 숨어 있는 것을 발견했다.

"거기서 뭘 하고 있니?" 피노키오가 램프 심지 곁으로 다가가며 물었다.

"자정이 오기를 기다리고 있어. 그때 떠나려고."

"어디로?"

"아주 아주 먼 곳으로!"

"너를 찾으러 너희 집에 세 번이나 갔어."

"왜 나를 찾았는데?"

"소식 못 들었니? 나에게 굉장한 일이 생겼거든."

"무슨 일인데?"

"내일이면 꼭두각시가 아니라 진짜 아이가 돼. 너나 다른 아이들과 똑같아질 거야."

"정말 잘됐다."

"내일 아침에 우리 집에 아침 먹으러 와."

"오늘 밤에 떠난다니까."

"몇 시에?"

"잠시 후에."

"어디 가는 건데?"

"다른 나라에 살러 갈 거야. 이 세상에서 가장 멋진 곳이지. 말 그대로 지상 낙원이야."

"나라 이름이 뭔데?"

"장난감 나라. 너도 같이 가자."

"나? 나는 싫어."

"잘 생각해, 피노키오. 내 말 들어. 안 가면 후회할 거야. 우리 같은 아이들한테 이만한 나라가 없어. 그곳엔 학교도, 선생님도, 책도 없어. 그 축복받은 나라에서는 공부 따위 안 해. 목요일마다 학교에 안 가는데 일주일 중 엿새가 목요일이고 하루가 일요일이야. 가을 방학은 또 어떻고? 방학이 1월 1일에 시작해서 12월 31일에 끝나. 정말 마음에 쏙 드는 나라야! 그 정도는 돼야 제대로 된 나라지!"

"거기서는 하루 종일 뭘 하고 지내?"

"아침부터 저녁까지 장난감을 가지고 신나게 놀지. 밤에 실컷 자고 다음 날 아침이면 또 전날처럼 신나게 노는 거야. 네 생각은 어때?"

"흠!" 피노키오는 '나도 그렇게 살고 싶어'라는 듯이 가볍게 고개를 끄덕였다.

"그럼 나하고 갈래? 갈래, 말래? 어서 결정해!"

"아니, 아니, 절대 안 돼. 마음씨 착한 요정님께 착한 아이가 되겠다고 약속했던 말이야. 나는 그 약속을 지키고 싶어. 그러고 보니 벌써 날이 저물었네. 인제 그만 가봐야겠다. 안녕. 여행 잘 해라."

"어딜 그렇게 급하게 가니?"

"집에 가야 해. 우리 요정님이 밤이 되기 전에 집에 돌아오라고 했거든."

"그럼 2분만 기다려."

"이러다 늦겠어."

"딱 2분만."

"요정님이 화내면 어떻게 해?"

"그냥 내버려둬. 그러다 보면 화가 풀리겠지." 말썽꾸러기 램프 심지가 말했다.

"그런데 너는 거기 어떻게 가니? 혼자서 가는 거니, 아니면 친구들이랑 가니?"

"혼자라니? 같이 갈 아이들이 100명도 넘어."

"걸어서 가는 거니?"

"잠시 후에 그 멋진 나라로 데려다줄 마차가 이리로 지나갈 거야."

"마차가 지금 지나가게 할 수만 있다면 뭐든지 할 텐데."

"왜?"

"너희 모두 함께 떠나는 모습을 보고 싶어서."

"그럼 조금만 더 있어. 그러면 우리가 떠나는 모습을 볼 수 있을 거야."

"아니, 아니야. 집에 갈래."

"2분만 더 기다리라니까."

"이미 늦었어. 지금쯤이면 요정님이 걱정할 거야."

"불쌍하기도 해라! 요정님은 네가 박쥐에게 잡아먹히기라도 할까 봐 걱정되는 모양이지?"

"그나저나 그 나라에는 정말로 학교가 없니?" 피노키오가 물었다.

"학교의 학 자도 없어."

"선생님들도?"

"단 한 명도 없어."

"억지로 공부도 안 해도 되고?"

"그렇고말고."

"정말 멋진 나라로구나!" 피노키오가 말했다. 자기도 모르게 입에 침이 고였다.

"정말 멋진 나라야! 안 가봐도 알 수 있어."

"나랑 같이 가자."

"아무리 말해도 소용없어. 난 이미 바른 아이가 되겠다고 요정님께 약속했어. 그 약속을 꼭 지키고 싶어."

"그럼, 잘 있어 피노키오. 가는 길에 중학교와 고등학교가 보이면 나 대신 인사나 해줘."

"잘 가, 램프 심지야. 여행 잘 하고 재미있게 지내고 가끔은 우리를 생각해줘."

말을 마친 피노키오는 집을 향해 몇 발짝 걷다 걸음을 멈추고 친구를 돌아보며 물었다.

"그 나라는 정말로 일주일 중에 목요일이 여섯 번이고 하루는 일요일이야?"

"그럼."

"방학이 1월 1일에 시작해서 12월 31일에 끝나는 것도 정말이니?"

"그렇고말고!"

"정말 멋진 나라로구나!" 피노키오가 괜스레 침을 퉤 뱉으며 말했다.

피노키오는 마음을 다잡고 다급히 말했다.

"그래. 이번엔 정말로 간다. 잘 가. 여행 잘 하고."

"안녕."

"언제 떠난다고?"

"조금 뒤에!"

"아깝다. 한 시간 안에 떠나면 나도 기다릴 수 있는데."

"요정은 어쩌고?"

"어차피 늦었는걸. 한 시간 빨리 가나 늦게 가나 별 차이 없어."

"불쌍한 피노키오! 요정이 네게 화를 내면?"

"어쩔 수 없지. 화내라고 내버려두는 수밖에. 화를 내다 보면 언젠가 누그러지겠지."

그러는 동안 깜깜한 밤이 됐다. 갑자기 멀리서 조그만 불빛이 움직이더니 딸랑딸랑 방울 소리와 트럼펫 부는 소리 가 모기 날아다니는 소리처럼 가느다랗게 들려왔다.

"저기 온다!" 램프 심지가 벌떡 일어나 외쳤다.

"누가 와?" 피노키오가 속삭였다.

"나를 태우러 오는 마차. 너는 어떻게 할래? 같이 갈래, 안 갈래?"

"그곳에서는 아이들에게 억지로 공부시키지 않는다는 말, 정말이지?"

"그렇다니까!"

"멋지다! 정말 멋져!"

제31장

장난감 나라로 간 피노키오는 하고 싶은 것을 다 하면서 제멋대로 산다.
그런데 다섯 달이 지나자 놀랍게도 양쪽 귀가 당나귀 귀로 변하더니
결국 꼬리까지 자라나 진짜 당나귀가 된다.

마침내 마차가 도착했다. 바퀴를 천과 넝마 조각으로 감싼
덕분에 마차는 소리 없이 피노키오와 램프 심지 앞에 멈춰
섰다.

몸집은 비슷하지만 털 빛깔은
제각각인 열두 쌍의 당나귀가
마차를 끌고 있었다.

그중에는 잿빛 당나귀도 있
고, 하얀 당나귀도 있고, 후추와
소금을 뿌려놓은 것처럼 회색과
흰색이 섞인 당나귀도 있고, 노

란색과 푸른색 줄무늬 당나귀도 있었다.

하지만 정말 이상한 점은 따로 있었다. 열두 쌍, 그러니까 스물네 마리 당나귀 모두 수레를 끄는 다른 동물이나 당나귀처럼 발에 편자를 박는 대신 사람처럼 새하얀 소가죽 부츠를 신고 있었다.

그런 마차를 모는 마부는 과연 어떤 사람이었을까?

우선 위보다 옆으로 더 퍼진 사람을 한번 상상해보자. 키는 땅딸막하고 말랑말랑한 피부에 버터처럼 기름기가 자르르 흐르고 얼굴은 사과처럼 동그랗고 발그스레했다. 자그마한 입에는 미소가 배어 있었고 목소리는 주인에게 애교를 떠는 고양이처럼 가냘프고 상냥했다.

아이들은 마부의 모습에 홀딱 빠져 지도에 '장난감 나라'라는 매혹적인 이름으로 표시된 지상 낙원으로 가기 위해 앞다투어 마차에 올라탔다.

마차 안은 여덟 살에서 열두 살 사이의 남자아이들로 미어터질 지경이었다. 아이들은 비좁은 마차에 몸을 구겨 넣은 채 소금에 절인 멸치처럼 포개져 있었다. 다들 숨도 제대로 못 쉴 정도로 불편했지만 아무도 앓는 소리 한 번 내지 않고 아무도 불평하지 않았다. 몇 시간만 참으면 책도, 학교도, 선생님도 없는 나라에 도착한다는 생각에 기뻐서 그 정도의 불편은 기꺼이 참았다. 불편한지도, 배고픈지도, 목이 마른지도, 졸린 줄도 몰랐다.

마차가 서자 마부는 다정한 표정을 한껏 지어 보이며 미소 띤 얼굴로 램프 심지를 향해 상냥하게 말했다.

"잘생긴 아이야, 너도 행복한 나라로 갈 거니?"

"물론이죠. 가고 싶어요."

"미리 말해두겠는데 이제 마차에는 자리가 없단다. 이미 꽉 찼어."

"괜찮아요. 안에 자리가 없으면 가로대에 앉아서 갈게요." 램프 심지는 펄쩍 뛰어올라 가로대 위에 걸터앉았다.

"사랑스러운 아이야, 너는 어떻게 할래? 우리랑 같이 갈래, 아니면 여기 남을래?" 땅딸보 마부가 꼬드기듯 피노키오에게 물었다.

"전 여기 있을래요. 집에 가야 해요. 공부도 열심히 하고 착한 아이들처럼 될 거예요."

"그럼 그렇게 하려무나."

"피노키오! 내 말 들어. 우리랑 같이 가자, 재미있을 거야." 램프 심지가 말했다.

"안 돼! 안 돼! 절대 안 돼!"

"우리랑 가서 재미있게 놀자!" 마차 안에서 몇몇 아이가 소리 질렀다.

"우리랑 가서 재미있게 놀자!" 이번에는 마차 안에 있던 백여 명의 아이들이 한꺼번에 외쳤다.

"하지만 내가 너희와 함께 가버리면 우리 마음씨 착한 요정님이 뭐라고 할까?"

말은 이렇게 하면서도 피노키오는 이미 마음이 약해지고 있었다.

"그렇게 우울한 표정으로 쓸데없이 고민하지 마. 지금 우리가 가는 곳은 아침부터 저녁까지 마음껏 떠들고 놀 수 있는 곳이야. 그 생각만 해!"

피노키오는 대답하는 대신 한숨을 내뱉고 또 한 번 한숨을 내뱉었다. 세 번째 한숨을 내뱉은 후에야 드디어 입을 열었다.

"자리 좀 만들어줘. 나도 갈래!"

"자리는 없지만 너를 환영하는 의미에서 내 마부석을 양보하마."

"그러면 아저씨는요?"

"나는 걸어가도 된다."

"아니, 아니에요. 그러지 마세요. 차라리 당나귀 등에 타고 갈게요!"

피노키오는 그렇게 외치고서 맨 앞 오른쪽에 있는 당나귀에게 다가가 올라타려 했다. 그런데 당나귀가 갑자기 몸을 휙 돌려서 피노키오의 배를 코로 들이받는 바람에 피노키오

는 뒤로 벌러덩 나자빠지고 말았다.

그 모습을 본 아이들이 얼마나 낄낄거리면서 신나게 웃어대던지!

하지만 땅딸보 마부만은 웃지 않고 사랑스러워 죽겠다는 표정으로 반항적인 당나귀에게 다가가 입 맞추는 척하면서 당나귀의 오른쪽 귀를 물어뜯었고 그 바람에 당나귀 귀가 반쯤 떨어져나가고 말았다.

피노키오는 잔뜩 약이 올라서 벌떡 일어나 다시 한번 펄쩍 뛰어올라 불쌍한 당나귀 등에 올라탔다.

그 멋진 모습에 아이들은 웃음을 멈추고 "피노키오 만세!"라고 외치며 끝없이 갈채를 보냈다.

하지만 그 순간 당나귀가 뒷다리로 일어나 미친 듯이 버둥거리는 바람에 불쌍한 피노키오는 자갈밭 위로 나가떨어지고 말았다.

　이번에도 아이들은 신나게 웃어댔지만, 마부는 웃지 않았다. 날뛰는 당나귀가 귀여워서 못 견디겠다는 듯이 다가가 입을 맞추며 나머지 귀마저 물어뜯어 반 토막을 내놓고 말았다.

　"겁내지 말고 다시 등에 타렴. 녀석이 괜히 심통을 부린 것 같은데 내가 귀에 대고 한마디 해주었으니 이제 정신을 차렸을 거다."

　피노키오가 당나귀 등에 올라타자 마차가 움직이기 시작했다. 당나귀들이 끄는 마차가 한참 자갈길을 달리는데 어디선가 들릴락 말락 나지막한 목소리가 들려왔다.

　"불쌍한 얼간이 같으니라고. 언젠가는 네 멋대로 행동한 대가를 치를 거야!"

　피노키오는 겁에 질려 어디에서 나는 소리인지 알려고 두리번거렸지만, 주변에는 아무도 없었다. 당나귀들은 달리고 마차는 굴러가고 마차를 탄 아이들은 잠이 들고 램프 심지는 드르렁드르렁 코를 고는 동안 오직 땅딸보 마부만이 마부석에 앉아 노래를 흥얼거렸다.

　모두가 잠든 깊은 밤
　나는 결코 잠들지 않는다네…….

50미터 정도 더 갔을 때 아까 그 가녀린 목소리가 다시 들렸다.

"내 말 잘 들어, 이 멍청아! 장난감이나 가지고 신나게 놀려고 공부를 하지 않고 책과 학교와 선생님을 멀리하는 아이들은 큰 봉변을 당하게 될 거야! 겪어봐서 알아! 정말이야! 언젠가는 너도 지금 나처럼 울게 될 거야. 그땐 이미 늦었겠지만……."

나지막한 속삭임에 놀란 피노키오는 당나귀 등에서 뛰어내려 당나귀 코를 만져보았다.

그런데 당나귀가 울고 있는 것이 아닌가! 눈물을 흘리는 모습이 영락없는 진짜 어린아이였다.

"저기요, 아저씨! 그거 아세요? 이 당나귀가 울고 있어요!"피노키오가 외쳤다.

"그냥 내버려둬. 나중에 색시가 생기면 좋아서 웃겠지."

"당나귀한테 말하는 법까지 가르쳐준 건가요?"

"아니. 3년을 훈련받은 개들과 지내다 보니 말 몇 마디 정도 배운 모양이다."

"불쌍해라!"

"자, 자, 우는 당나귀나 구경하면서 시간 낭비할 것 없다. 출발하게 다시 타렴. 밤공기는 차고 갈 길은 멀지 않니."

피노키오는 두말없이 마부의 말대로 했다. 마차는 다시

길을 떠났고 새벽녘에는 모두가 기뻐하는 가운데 '장난감 나라'에 도착했다.

　장난감 나라는 세상 어느 나라와도 비교할 수 없는 곳이었다. 장난감 나라 국민은 어린이뿐이었는데 가장 나이가 많은 아이가 열네 살이었고 가장 어린 아이는 여덟 살이었다. 거리마다 신나게 떠들고 외치는 소리에 넋이 나갈 지경이었다. 사방에 무리 지어 노는 개구쟁이들뿐이었다. 닭싸움을 하는 아이도 있고, 사방치기를 하는 아이도 있고, 공놀이하는 아이도 있고, 앞바퀴가 커다란 자전거를 타고 노는 아이도 있고, 목마를 타는 아이도 있었다. 어떤 아이는 눈을 가리고 술래잡기를 하고 놀았고, 어떤 아이들은 서로 뒤쫓으며 놀았다. 광대 옷을 입고 불붙인 천을 입에 넣는 재주를 선보이는 아이도 있었다. 연극을 하는 아이, 노래를 부르는 아이, 재주를 넘는 아이, 물구나무서기를 하며 걷는 아이, 굴렁쇠를 굴리는 아이, 종이로 만든 장군 모자를 쓰고 종이 인형 기병단을 지휘하는 아이도 있었다. 깔깔대며 웃는 아이, 소리를 지르는 아이, 친구의 이름을 부르는 아이, 손뼉을 치는 아이, 휘파람을 부는 아이, 달걀 낳은 암탉 소리를 흉내 내는 아이로 거리는 시장 바닥처럼 북새통이었다. 왁자지껄한 소리에 솜으로 틀어막지 않으면 귀가 먹을 것 같았다. 광장마다 천막 극장이 있었는데 아침부터 저녁까지 아이들로 가득 찼다. 담벼락에는 숯으로 웃기는 말이 적혀 있었다.

"장낭감 만세!"

"하꼬 가기 시러요!"

"산스 공부 꺼져라!"

피노키오와 램프 심지와 땅딸보와 함께 마차를 타고 온 아이들은 내리자마자 그 난장판 속에 뛰어들었고 예상대로 다들 바로 친해졌다. 이들보다 기쁘고 행복한 아이들이 세상에 또 어디 있을까!

신나게 놀고 즐기는 동안 몇 주가 눈 깜짝할 사이에 흘러갔다.

"정말 신난다!" 램프 심지와 마주칠 때마다 피노키오가 말했다.

"내 말이 맞지? 여기에 안 왔다고 생각을 해봐. 공부나 하면서 인생을 낭비하겠다고 요정의 집으로 돌아가려고 했잖아! 지금 그 지긋지긋한 책과 학교에서 해방된 건 다 내 덕분이야. 이 몸의 충고와 배려 덕분이란 말씀이야, 내 말이 맞지? 진짜 친구가 아니라면 어떻게 이런 호의를 베풀 수 있겠어?" 램프 심지가 말했다.

"네 말이 맞아! 이렇게 행복한 건 다 네 덕분이야. 예전에 선생님이 뭐라고 한 줄 아니? '그 골칫덩어리 램프 심지랑 어울려 다니지 마라. 녀석은 안 좋은 친구야. 너에게 도움이 되는 말은 하나도 안 할 거다'라고 했어."

"어리석은 선생." 램프 심지가 설레설레 고개를 저으며
말했다.

"그 선생은 나를 눈엣가시처럼 여기고 나를 나쁘게만 말
했어. 그래야 기분이 좋으니까. 하지만 나는 마음이 넓으니
까 다 용서해줄 거야."

"너 정말 마음이 넓은 아이로구나!"

피노키오는 친구를 다정하게 껴안고 이마에 입을 맞춰
주었다.

그렇게 책 한 장 들춰 보지 않고, 학교에도 가지 않고, 하
루종일 장난감이나 가지고 신나게 놀면서 지낸 지 다섯 달이

되던 날, 잠에서 깬 피노
키오는 생각지도 못했던
황당한 일을 겪고 절망에
빠진다.

제32장

피노키오는 귀가 당나귀처럼 자라나더니

진짜 당나귀로 변해서 당나귀처럼 운다.

그 황당한 일이 뭐냐고? 이제부터 그 이야기를 우리 어린이 독자들에게 들려주겠다.

잠에서 깨어난 피노키오는 무심결에 머리를 긁적이려다 소스라치게 놀랐다.

무슨 일이 일어난 걸까?

놀랍게도 귀가 한 뼘이나 더 자라난 것이다.

피노키오는 태어날 때부터 눈에 잘 보이지 않을 정도로 귀가 아주 작았다는 사실을 여러분도 기억하고 있을 것이다. 그랬던 귀가 하룻밤 새 빗자루처럼 길어진 것이다! 그 사실을 안 피노키오는 얼마나 놀랐을까!

피노키오는 곧바로 자기 모습을 비춰보려고 거울을 찾

았지만 보이지 않아 세숫대야에 물을 채워 얼굴을 비춰 보았다. 그때 피노키오는 평생 보고 싶지 않은 모습을 보고 말았다. 양쪽에 당나귀 귀가 멋들어지게 자라나 있었다.

그 순간 불쌍한 피노키오가 느꼈을 고통과 수치심과 절망은 굳이 설명할 필요가 없을 것이다.

피노키오는 울며불며 벽에 머리를 찧기 시작했다.

하지만 그럴수록 귀는 점점 더 커지고 나중에는 귀 윗부분에 털까지 자라나기 시작했다.

피노키오의 날카로운 비명에 위층에 살던 귀여운 마르모트가 달려왔다.

"이봐, 이웃사촌. 대체 무슨 일이야?" 마르모트는 어쩔 줄 모르는 피노키오의 모습을 보고 다정하게 물었다.

"어여쁜 마르모트야, 나는 병에 걸렸어. 심각한 병에 걸렸어. 너무 무서운 병이야. 너 혹시 맥을 짚을 줄 아니?"

"조금."

"그럼 내가 열이 있는지 맥을 짚어봐줄래?"

마르모트가 앞발을 들어 피노키오의 맥을 짚어보더니

한숨을 내쉬었다.

"이봐, 친구. 안타까운 소식이야."

"왜?"

"나쁜 열이 많이 나고 있어."

"나쁜 열이라니, 그게 무슨 열인데?"

"당나귀 열이야."

"당나귀 열이라니 무슨 말인지 모르겠어."

하지만 사실 피노키오는 불행히도 그것이 무엇인지 이미 짐작하고 있었다.

"내 말 잘 들어. 두세 시간 후면 너는 이제 꼭두각시도 진짜 아이도 아닌 다른 것이 될 거야." 마르모트가 말했다.

"그럼 뭐가 되는데?"

"두세 시간 후면, 진짜 당나귀가 될 거야. 시장에서 양배추 같은 채소를 실은 마차를 끌고 다니는 당나귀 말이야."

"어떡해! 아이고, 내 신세야!"

피노키오가 손으로 양쪽 귀를 움켜잡고 마치 남의 귀인 양 거칠게 쥐어뜯으며 울부짖었다.

"불쌍한 피노키오. 하지만 어쩔 수 없어. 이건 네 운명이야. 책도 학교도 선생님도 싫어하고 온종일 장난감이나 가지고 노는 아이들은 언젠가는 어린 당나귀로 변하는 거야. 지혜의 법령책에 다 나와 있어."

"정말로 그런거야?" 피노키오가 훌쩍이며 물었다.

"안타깝지만 그렇단다. 지금 울어봤자 소용없어. 진작 생각했어야지."

"하지만 내 잘못이 아니야. 정말이야, 이건 다 그 램프 심지 녀석 때문이야!"

"램프 심지가 누군데?"

"학교 친구야. 나는 집으로 돌아가려 했어. 나는 어른 말씀을 잘 들으려고 했어. 공부도 열심히 하고 모범생이 되려고 했어. 그런데 램프 심지가 '그 지겨운 공부는 해서 뭐 할래? 학교는 가서 뭐 할래? 차라리 나와 함께 장난감 나라로 가자. 그곳에서는 공부할 필요도 없고 아침부터 저녁까지 신나게 놀 수 있어'라면서 나를 꼬드겼어."

"너는 왜 그런 거짓 친구의 말을 들었니? 왜 그런 나쁜 친구에 꼬임에 빠진 거야?"

"왜냐고? 이게 다 내가 못되고 철없는 꼭두각시이기 때문이야. 좁쌀만 한 양심이 남아 있었더라면 마음씨 착한 요정님을 버리고 떠나지 않았을 텐데. 요정님은 나를 엄마처럼 사랑해주고 나를 소중히 보살펴주셨는데……. 요정님 곁을 떠나지 않았으면 지금쯤 나는 이미 다른 아이들처럼 말 잘 듣는 어린이가 되었을 텐데. 램프 심지 녀석! 만나기만 해봐라. 가만히 두지 않을 테다!"

집을 나서려던 피노키오는 문을 열기 전에 당나귀 귀가 떠올랐다. 사람들 앞에서 귀를 내보이기 창피했던 피노키오는 커다란 면 모자를 코끝까지 푹 눌러썼다.

밖으로 나간 피노키오는 램프 심지를 찾아 사방을 헤맸다. 거리와 광장, 극장까지 샅샅이 뒤졌지만 램프 심지는 없었다. 거리에서 마주친 사람들에게 램프 심지를 봤냐고 물었지만 아무도 못 봤다고 했다.

결국 피노키오는 램프 심지의 집까지 찾아가 방문을 두드렸다.

"누구야?" 램프 심지가 방 안에서 물었다.

"나야!" 피노키오가 말했다.

"열어줄 테니 잠깐만 기다려."

30분이 지나서야 문이 열렸고 방 안에 들어간 피노키오 앞에 램프 심지가 나타났다. 그런데 이게 웬일인가! 램프 심지도 피노키오처럼 커다란 면 모자를 코끝까지 눌러쓰고 있는 것이 아닌가?

모자를 본 피노키오는 갑자기 마음이 놓였다.

'램프 심지도 나랑 똑같은 병에 걸린 게 아닐까? 램프 심

지도 당나귀 열을 앓고 있나?'

피노키오는 짐짓 아무렇지 않은 척 램프 심지에게 미소 지으며 물었다.

"잘 지냈니, 램프 심지야?"

"그럼. 치즈 구멍에 사는 생쥐처럼 편하게 지냈지."

"정말이지?"

"내가 왜 거짓말을 하겠어?"

"하지만 친구야, 그렇다면 왜 커다란 모자로 귀를 가리고 있는 거니?"

"무릎을 다쳤더니 의사 선생님이 이렇게 하고 다니래. 그러는 너는 왜 커다란 모자를 코까지 푹 눌러쓴 거니?"

"나도 의사 선생님이 시켰어. 발이 까졌거든."

"아, 불쌍한 피노키오!"

"아, 불쌍한 램프 심지!"

둘은 한참 동안 아무 말도 하지 않고 서로를 의미심장한 눈빛으로 바라만 보았다.

결국 피노키오가 먼저 달콤하고 상냥하고 가식적인 목

소리로 물었다.

"궁금해서 그러는데 너 혹시 귓병을 앓은 적 없니?"

"없어. 너는?"

"나도 마찬가지야! 그런데 오늘 아침부터 한쪽 귀가 아파."

"나도 그래!"

"너도 그러니? 너는 어느 쪽 귀가 아픈데?"

"양쪽 귀가 다 아파. 너는?"

"나도 그래. 같은 병일까?"

"왠지 그런 것 같아."

"애, 램프 심지야. 부탁 하나만 들어줄래?"

"그럼. 뭐든 말해."

"네 귀를 좀 보여줄래?"

"좋아. 대신 그 전에 네 귀를 보고 싶어."

"싫어. 네 귀 먼저 보여줘."

"그렇게는 못 하겠어. 네 귀부터 보여줘."

"그럼 좋아. 우리 친구로서 약속하자." 피노키오가 말했다.

"둘이 동시에 모자를 벗는 거야. 어때?"

"좋아."

"자, 그럼 준비! 하나, 둘, 셋!" 피노키오가 큰 소리로 숫자를 셌다.

둘은 '셋!' 하는 소리에 모자를 벗어 던졌다.

그 순간 믿을 수 없을 정도로 놀라운 광경이 펼쳐졌다. 둘이 같은 불행을 당한 것이다. 그 사실을 안 순간 피노키오와 램프 심지는 풀이 죽거나 마음 아파하기는커녕 커다랗게 자라난 귀를 쫑긋거리더니 배꼽을 잡고 웃음을 터뜨렸다.

둘을 몸을 가눌 수 없을 정도로 심하게 웃었다. 한참을 웃던 램프 심지가 갑자기 웃음을 뚝 그쳤다.

램프 심지는 비틀대다 낯빛이 변해서 친구에게 물었다.

"도와줘, 피노키오! 도와줘!"

"왜 그래?"

"아이고! 똑바로 못 서 있겠어."

"나도 그래!" 피노키오가 울부짖으며 비틀거렸다.

둘은 바닥에 엎드려 네 발로 바닥을 기어 다니며 방 안을 빙빙 돌기 시작했다. 네 발로 뛰는 동안 피노키오와 램프 심지의 팔이 진짜 당나귀 다리로 변했다. 얼굴이 길어지면서 당나귀로 변하고 등에는 잿빛과 검은색이 섞인 털이 났다.

하지만 가장 끔찍한 순간은 엉덩이 뒤로 꼬리가 자라났을 때였다. 둘은 수치심과 고통으로 울면서 자기 신세를 한탄하려 했다.

아! 차라리 그러지 않는 편이 좋았을 텐데! 피노키오와 램프 심지의 입에서는 울음과 탄식 대신 당나귀 소리가 튀어나왔다. 둘은 우렁차게 '히히힝!' 하고 울부짖었다.

바로 그때 누군가 문을 두드렸다.

"문 열어라! 당장 문을 열지 않으면 혼날 줄 알아!" 피노키오와 램프 심지를 장난감의 나라로 데려온 땅딸보 마부가 외쳤다.

제33장

진짜 당나귀가 된 피노키오는 서커스 단장에게 팔려 간다.
피노키오는 서커스에서 춤추고 굴렁쇠를 뛰어넘는 법을 배운다.
하지만 밤 공연을 하다 다리를 절게 되고
서커스 단장은 그런 피노키오를
당나귀 가죽으로 북 만드는 사람에게 팔아버린다.

문이 열리지 않자 땅딸보는 문을 발로 차서 확 열어젖혔다.
방에 들어온 땅딸보는 예의 미소 띤 얼굴로 피노키오와 램프
심지에게 말했다.

　"잘했다, 얘들아! 울음소리가 멋지더구나. 소리만 듣고
도 금세 너희인 줄 알고 여기로 왔지."

　그 말에 당나귀들은 풀이 죽어서 고개를 푹 수그리고 눈
을 내리깐 채 채 꼬리를 다리 사이로 감추었다.

　땅딸보는 피노키오와 램프 심지를 쓰다듬고 어루만지고

토닥거리다 어디선가 말빗을 꺼내들고 정성 스레 털을 빗겨주었 다. 어찌나 꼼꼼하게 빗겼는지 나중에는 털 에 윤기가 자르르 흐 르면서 거울처럼 반짝

였다. 땅딸보는 피노키오와 램프 심지에게 굴레를 씌우고 두 당나귀가 좋은 가격으로 팔리기를 기원하며 시장으로 끌고 갔다.

사람들은 바로 당나귀를 사겠다고 나섰다.

램프 심지는 전날 부리던 노새를 잃은 농부에게 팔렸고 피노키오는 광대들과 공중곡예사들을 이끄는 서커스 단장에 게 팔렸다. 단장은 서커스단에서 공연을 시키는 다른 동물들 처럼 피노키오에게 춤추고 재주를 넘는 훈련을 시킬 생각이 었다.

이쯤 되면 여러분도 그 땅딸보의 직업이 무엇인지 눈치 챘을 것이다.

겉모습은 무르게 보였지만 사실 그는 끔찍한 괴물이었 다. 마차를 끌고 이곳저곳 떠돌아다니다 학교 가기 싫어하고 책 읽기 싫어하는 게으른 아이들을 온갖 달콤한 말로 꾀어서 온종일 신나게 놀고먹는 '장난감 나라'로 데리고 왔다. 헛된 희망을 품은 어리석은 아이들이 허구한 날 공부는 하지 않고 장난감만 가지고 놀다 당나귀가 되면 기다렸다는 듯이 아이들을 시장에 내다 팔았다. 땅딸보는 그런 식으로 몇 년 만에 돈을 왕창 벌어서 백만장자가 되었다.

농부에게 팔려간 램프 심지가 어떻게 되었는지는 잘 모르겠지만 피노키오는 팔려간 첫날부터 힘들고 고달픈 나날을 보내게 된다.

마구간에 끌려간 날 새 주인은 여물통에 마른 짚을 가득 넣어주었다. 하지만 피노키오는 한 입 먹어보더니 바로 뱉어버렸다.

그러자 주인은 투덜거리면서도 이번에는 건초를 가득 넣어주었다.

하지만 입맛에 안 맞기는 건초도 마찬가지였다.

"건초도 마음에 안 든다 이거지? 어디 두고 보자, 이 잘난 당나귀야. 그런 식으로 변덕을 부리면 끝끝내 버르장머리를 고쳐주마!"

화가 난 주인이 큰소리로 외치며 당나귀를 길들이려 다리를 채찍으로 내리쳤다.

피노키오는 너무 아파서 눈물을 흘리며 당나귀 울음을 울었다.

"히잉, 히잉. 짚은 소화를 못해요."

"짚이 소화가 안 되면 건초를 먹어!" 당나귀 말을 알아듣는 주인이 말했다.

"히잉, 히잉, 건초를 먹으면 몸이 아파요."

"그럼 내가 네게 닭 요리라도 가져다 바쳐야 한다는 말이냐?" 화가 머리끝까지 난 주인이 피노키오의 다리를 때리며 말했다.

채찍을 두 번이나 맞은 피노키오는 매를 맞지 않으려고 입을 다물어버렸다.

주인마저 마구간 문을 닫고 나가버리자 피노키오는 혼자 남게 되었다. 오랫동안 아무것도 먹지 못했기 때문에 너무 배가 고파서 하품이 났다. 피노키오는 허공에 대고 오븐처럼 커다란 입을 쩍 벌리고 하품을 했다.

눈을 씻고 찾아봐도 먹을 것이 없자 피노키오는 어쩔 수 없이 건초를 조금 씹어보았다. 피노키오는 건초를 꼭꼭 씹어서 눈 딱 감고 꿀꺽 삼켰다.

'먹어보니 못 먹을 맛은 아니로군.' 피노키오가 속으로 생각했다.

'그래도 계속 학교에 열심히 다녔으면 좋았을 텐데. 그랬다면 지금 건초 대신 신선한 빵에 맛 좋은 햄을 곁들여 먹고 있겠지! 하지만 어쩔 수 없지…!'

다음 날 아침 피노키오는 눈을 뜨자마자 여물통에 건초가 남아 있는지 찾아보았지만 아무것도 없었다. 지난밤 몽땅 먹어치웠기 때문이다.

결국 피노키오는 잘게 썬 짚을 한 입 먹어보았다. 아무리 씹어보아도 짚에서는 사프란을 넣고 만든 리소토 맛도, 토마토소스에 익힌 마카로니 맛도 나지 않았다.

"할 수 없지! 내가 겪은 불행이 말 안 듣고 공부하기 싫어하는 다른 아이들에게 교훈이 되어야 할 텐데⋯⋯. 할 수 없지, 어쩔 수 없어!" 피노키오가 짚을 씹으며 말했다.

"어쩔 수 없기는 뭐가 어쩔 수 없다는 말이냐!" 그때 피노키오의 주인이 마구간에 들어오며 말했다. "내가 공짜로 먹여주고 재워주려고 너를 산 줄 아니? 나는 네 녀석에게 열심히 일을 시켜서 돈을 벌려고 샀단 말이다. 인제 그만 일어나! 나와 함께 서커스에 가자! 거기서 굴렁쇠를 뛰어넘고, 종이로 만든 통을 머리로 부수고, 뒷다리로 일어나 왈츠와 폴카 춤을 추는 법을 가르쳐주마."

불쌍한 피노키오는 좋든 싫든 이 많은 것을 배워야 했다. 피노키오는 세 달 동안 먼지가 풀풀 나게 두들겨 맞으면서 재주를 배웠다.

마침내 서커스 단장은 끝내주게 멋진 공연을 알리기 시작했고, 거리 모퉁이마다 알록달록 포스터가 나붙었다.

여러분의 예상대로 그날 밤 극장은 공연 시간 한 시간 전부터 만원이었다.

일반석, 특별석 할 것 없이 남는 자리가 하나도 없었다. 금은보화를 주고도 표를 못 살 판이었다.

서커스 계단은 어린이와 소년, 소녀로 북적였다. 모두들 그 유명한 춤추는 당나귀 피노키오의 공연을 보고 싶어서 안 달이었다.

　1부 공연이 끝나자 서커스 단장이 등장했다. 그는 검은 윗옷에 허벅지까지 내려오는 하얀 바지와 무릎까지 올라오는 가죽 장화를 신고 좌석을 꽉 채운 관중을 향해 허리 굽혀 인사를 한 다음 엄숙하기 이를 데 없는 목소리로 대단한 연설이라도 하는 양 말했다.

　"친애하는 신사 숙녀 여러분! 미천한 소인은 이 위대한 도시의 현명하시고 존경받아 마땅한 관객 여러분께 오늘의 공연을 선보이게 된 것을 한없이 기쁜 영광으로 생각합니다.

　여러분께 소개해드릴 이 당나귀로 말할 것 같으면 유럽의 모든 왕 앞에서 춤을 춘 유명한 당나귀입니다.

　다시 한번 감사의 말씀을 올리며, 공연에 열띤 성원과 관심을 보여주십시오!"

　단장의 연설에 사람들은 웃으며 갈채를 보냈다. 피노키오가 무대에 나오자 박수 소리가 두 배로 커져 마치 우레와 같았다.

　피노키오는 한껏 멋을 부리고 무대에 등장했다. 반짝반짝 윤이 나는 새 고삐에 놋쇠 장식을 달고, 귀에는 하얀 동백꽃을 꽂았다. 여러 갈래로 땋은 갈기를 빨간 비단 리본으로 묶고, 몸에는 금색 은색의 굵은 띠를 두르고, 붉은색과 하늘색 벨벳 끈으로 꼬리를 땋은 모습이 한눈에 반할 정도로 사랑스러웠다. 단장은 계속해서 피노키오를 소개했다.

"친애하는 관중 여러분! 이 말 못하는 짐승을 이해시키고 복종하게 만드는 것이 얼마나 힘들었는지 거짓말은 하지 않겠습니다. 본디 이 녀석은 광활한 초원에서 이 산 저 산을 뛰어다니며 자유롭게 풀을 뜯어 먹던 녀석이었습죠. 녀석의 눈에서 뿜어져 나오는 이 야생의 기운을 느껴보십시오. 아무리 애를 써도 점잖은 동물로 길들지 않아 수도 없이 채찍질해야 했습니다. 아무리 잘해줘도 녀석은 저를 좋아하기는커녕 제 마음을 아프게 했습니다. 그러던 어느 날 저는 당나귀의 머리에서 우연히 작은 연골뼈를 발견했습니다. 그 후 파리대학 의학부에서 그것이 머리털과 춤을 만들어내는 혹이라는 사실을 확인했습죠. 제가 이 당나귀에게 춤과 굴렁쇠 뛰어넘기와 종이로 만든 통을 통과하는 재주를 가르친 것도 바로 이런 이유 때문이었습니다. 그러니 여러분, 눈으로 직접 보시고 평가해주십시오! 물러나기 전에 내일 저녁 공연에 여러분을 다시 초대합니다. 행여나 비가 오면 내일 저녁 대신 모레 오전 11시로 공연을 연기하겠습니다."

단장은 다시 한번 허리를 90도로 숙여 인사를 하고 피노키오에게 말했다.

"자, 피노키오! 네 재주를 보여주기 전에 여기 계신 존경하는 신사 숙녀 여러분과 어린이 관객에게 인사를 올려라!"

피노키오는 고분고분 단장의 말에 따라서 앞다리를 굽힌 채 단장이 채찍을 휘두르며 외칠 때까지 그대로 있었다.

"앞으로 가!"

단장의 명령에 피노키오는 네 발로 일어서서 서커스 공연장 주위를 돌기 시작했다.

잠시 후 단장이 외쳤다.

"빨리 걸어!"

피노키오는 단장의 말에 따라 빠른 걸음으로 걸었다.

"뛰어!"

단장의 말에 피노키오는 뛰기 시작했다.

"전속력으로 달려!"

단장의 말에 피노키오는 전속력으로 뛰었다. 단장이 공중을 향해 '빵' 하고 총을 한 방 쏘자 젖먹던 힘을 다해 달리던 피노키오는 총에 맞아 죽은 것처럼 무대 바닥에 쓰러졌다.

하늘을 찌를 듯한 환호성과 손뼉 치는 소리에 피노키오는 자기도 모르게 벌떡 일어나 고개를 들었다. 그런데 그 순간 객석에 앉아 있는 아름다운 부인이 눈에 들어왔다. 펜던트가 달린 목걸이를 걸고 있었고 그 펜던트에는 꼭두각시의 초상화가 그려져 있었다.

"저건 내 초상화잖아? 저분은 요정님이구나!"

요정을 한눈에 알아본 피노키오가 속으로 생각했다. 피노키오는 너무 기뻐서 이렇게 외치고 말았다.

"요정님! 오, 요정님!"

하지만 정작 피노키오의 입에서는 길고 커다란 당나귀 울음소리가 튀어나왔다. 우스꽝스러운 소리에 관중은 웃음을 터뜨렸고 특히 어린이 관객들이 재미있어서 어쩔 줄 몰라 했다.

단장은 관객을 향해 우는 것이 예의에 어긋나는 행동이라는 것을 알려주려고 채찍 손잡이로 피노키오의 코를 한 대 때렸다.

불쌍한 당나귀는 아픔을 잊기 위해 혀를 쭉 내밀고 5분도 넘게 코를 핥아댔다.

하지만 그 정도의 아픔은 다시 고개를 들었을 때 요정이 이미 객석을 떠나고 없다는 사실을 알았을 때 느낀 절망에 비하면 아무것도 아니었다.

요정이 보이지 않자 피노키오는 마음이 아파서 죽을 것만 같았다. 두 눈에 눈물이 맺혔고 이내 펑펑 울기 시작했다. 하지만 아무도 피노키오가 우는 것을 알아채지 못했다. 단장도 마찬가지였다. 그는 채찍을 휘두르며 이렇게 외쳤다.

"잘했다, 피노키오! 이번에는 이분들 앞에서 굴렁쇠를 멋지게 통과해보렴."

피노키오는 두세 번 굴렁쇠를 통과하려다 굴렁쇠 앞까지 와서 매번 멈춰 섰다. 피노키오는 굴렁쇠 뛰어넘는 대신 한가롭게 그 밑을 지나갔다. 한참을 버티다 굴렁쇠를 통과하려고 펄쩍 뛰어올랐지만, 뒷다리가 굴렁쇠에 걸리는 바람에 바닥에 나동그라지고 말았다.

다시 일어선 피노키오는 그때부터 다리를 절었다. 마구간까지 돌아가기도 힘들 정도였다.

"피노키오를 내보내줘! 당나귀를 보여줘! 당나귀 보여줘!" 안타까운 광경에 피노키오를 측은해하면서 관객석의 아이들은 이렇게 외쳤다. 하지만 피노키오는 그날 저녁 다시 무대에 오르지 못했다.

다음 날 아침 수의사가 피노키오를 진찰해보더니 평생 양쪽 다리를 쓰지 못할 거라고 했다. 그 말에 단장은 마구간 지기 소년에게 말했다.

"이런 당나귀를 어디에 쓰겠어? 밥이나 축낼 뿐이지. 녀석을 광장으로 데려가서 팔아버려라."

광장에 가자 곧바로 피노키오를 사겠다는 사람이 나타났다.

"이 당나귀는 얼마냐?"

"20리라요."

"동전 스무 닢을 주마. 어차피 일을 시키려는 게 아니라 가죽 때문에 사는 거니까. 가죽이 튼튼해 보이니 우리 마을 악대에서 쓸 북을 만들 수 있겠어."

자기를 북으로 만들 거라는 말을 들은 피노키오의 심정이 어땠을까?

피노키오의 새 주인은 동전 스무 닢을 주고 피노키오를 바닷가로 끌고 갔다. 남자는 피노키오의 목에 바위를 매달고 한쪽 다리에 묶은 끈을 손에 쥔 채 피노키오를 밀쳐서 바다에 빠뜨려버렸다.

피노키오는 바위를 매단 채 바닷속 깊이 가라앉았고 남자는 피노키오의 가죽을 벗기려고 끈을 꼭 쥔 채 바위에 앉아 당나귀가 죽기만을 기다렸다.

제34장

바다에 던져진 피노키오의 살점을 물고기들이 뜯어 먹어
피노키오는 다시 꼭두각시가 된다.
하지만 목숨을 건지려고 헤엄을 치던 중에
무시무시한 상어에게 잡아먹히고 만다.

"지금쯤이면 이 불쌍한 당나귀도 숨이 끊어졌겠지. 자, 이제 물 위로 끌어 올려 가죽으로 북을 만들어볼까?" 50분쯤 지나서 당나귀를 산 사람이 중얼거렸다.

남자는 피노키오의 다리를 묶었던 끈을 당기고, 당기고 또 당겼다.

그런데 막상 물 위로 떠오른 것은? 죽은 당나귀가 아니라 장어처럼 몸을 버둥대는 살아 있는 꼭두각시였다.

나무 인형을 본 남자는 애처롭게도 이게 꿈인가 싶어서 입을 딱 벌린 채 눈이 튀어나올 만큼 크게 뜨고 멍하니 서 있

다가 조금 정신이 든 후에야 울먹이며 말했다.

"바다에 던진 당나귀는 대체 어디로 간 거지?"

"제가 바로 그 당나귀예요!" 피노키오가 웃으며 말했다.

"네가?"

"그렇다니까요."

"말썽꾸러기 같으니라고! 지금 나를 놀리는 거냐?"

"주인님을 놀리다니요? 천만에요, 정말이에요."

"조금 전까지만 해도 당나귀였는데 어떻게 물속에서 꼭두각시로 변한 거냐?"

"바닷물 때문인가 봐요. 가끔 바다가 장난을 치거든요."

"조심해! 감히 나를 놀리려 하다니. 참는 것도 한계가 있어!"

"좋아요. 그럼 사실대로 이야기해드릴 테니 다리만 좀 풀어주세요."

마음씨 착하고 어수룩한 남자는 무슨 일이 일어났는지 궁금해서 피노키오의 다리를 묶었던 끈을 풀어주었다. 하늘을 나는 새처럼 자유로워진 피노키오는 이야기했다.

"저는 원래 나무로 만든 꼭두각시였어요. 다른 아이들처럼 진짜 아이가 될 수 있었는데, 그러기 직전에 공부하기가 싫어서 나쁜 친구의 말만 듣고 집에서 도망쳤어요. 그러던 어느 날 아침에 일어나보니 커다란 귀와 꼬리가 자라나더니 진짜 당나귀로 변해버렸죠. 얼마나 창피했는지 몰라요. 동물을 수호하시는 성 안토니오의 축복으로 주인님은 절대로 그런 부끄러운 일을 당하지 않으시기를 바라요. 그런 다음 저는 시장에 끌려가 말 서커스 단장에게 팔렸답니다. 단장은 제게 춤과 굴렁쇠 뛰어넘는 재주를 가르치려고 했죠. 그러던 어느 날 공연 중에 심하게 넘어지는 바람에 양쪽 다리를 절게 된 거예요.

그러자 단장은 저 같은 당나귀는 쓸모가 없다면서 저를 다시 시장에 내놓았고 그런 저를 주인님께서 사신 거죠!"

"운이 없었던 거지. 너를 사려고 동전을 스무 닢이나 썼는데, 이제 대체 누가 내게 그 돈을 물어준단 말이냐?"

"저를 왜 사셨죠? 북! 제 가죽으로 북을 만든다고 하셨죠?"

"불행히도 그렇단다. 이제 대체 어디서 가죽을 구한단

말이냐."

"실망하지 마세요. 세상에 널린 것이 당나귀인걸요."

"말해보렴, 버릇없는 말썽꾸러기야. 네 이야기는 그게 끝이냐?"

"아니요. 몇 말씀만 더 드리죠. 주인님은 저를 산 뒤 죽이려고 여기까지 데려왔어요. 하지만 불쌍하고 딱한 마음에 차마 직접 죽이지는 못하고 목에 돌을 매달아 바다에 던져버렸죠. 주인님은 정말 다정해요. 평생 감사하게 생각할게요. 게다가 주인님, 요정님이 이 일을 아시면 정말 고마워할 거예요."

"요정이라니? 그게 누군데?"

"제 엄마예요. 세상 모든 엄마처럼 마음씨 곱고 자식을 사랑하는 분이죠. 자식을 항상 보살펴주고 불행에서 지켜주는 분이에요. 버림받아 마땅한 못된 행동을 해도 사랑으로 돌보아주는 그런 분이죠. 마음씨 착한 요정님은 제가 물에 빠져 죽기 직전에 셀 수 없이 많은 물고기를 보내주셨어요. 녀석들은 제가 죽은 당나귀인 줄 알고 저를 뜯어먹기 시작했죠. 녀석들은 사정없이 저를 물어뜯었어요. 물고기가 아이들보다 먹성이 더 좋은지 몰랐어요. 어떤 녀석은 당나귀 귀를 뜯어 먹고 어떤 녀석은 코를, 어떤 녀석은 목과 갈기를 뜯어먹고, 또 어떤 녀석은 등가죽에 달려들었어요. 그중 하나는

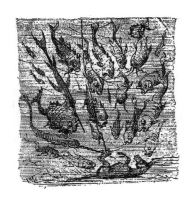

고맙게도 제 꼬리를 먹어
치워주었답니다."

"맹세컨대 이제부터
절대로 생선을 입에 대지
않겠다. 튀긴 숭어나 대구
의 배를 갈랐다가 당나귀
꼬리가 튀어나온다고 상
상하니 정말 끔찍하구나!"

"제 생각도 그래요." 피노키오가 웃으며 말했다.

"하지만 제 말을 마저 좀 들어보세요. 저를 머리끝부터
발끝까지 감싸고 있던 당나귀 껍질을 다 먹어치운 물고기
들은 뼈까지 다 먹으려 했지만 보시다시피 제 뼈는 나무랍
니다. 그것도 아주 딱딱한 나무죠. 먹성 좋은 물고기 녀석들
은 처음에 몇 번 제 몸을 깨물어본 뒤 나무는 자기 이빨로 먹
을 수 있는 고기가 아니구나 생각했어요. 먹어봤자 소화불량
에 걸리겠다 싶었는지 제게 고맙다는 인사 한마디 없이 이리
저리 흩어져버렸어요. 이렇게 해서 아까 주인님이 끈을 잡아
당겼을 때 죽은 당나귀 대신 살아 있는 꼭두각시가 나온 거
예요."

"네 이야기를 들으니 헛웃음만 나오는구나. 어찌 되었든
너를 사는 데 쓴 동전 스무 닢은 돌려받아야겠다!" 남자가 잔

뜩 화가 나서 외쳤다.

"이제 내가 널 어떻게 할 것 같니? 시장에 데려가서 난로에 불을 붙일 때 쓸 잘 말린 장작감으로 무게대로 돈을 받고 팔아버려야겠다."

"마음대로 하세요. 전 상관없어요." 피노키오가 말했다.

말은 그렇게 하면서 피노키오는 펄쩍 뛰어서 바다 한가운데 풍덩 뛰어들었다. 신나게 헤엄을 쳐서 바닷가에서 멀어져가며 피노키오는 불쌍한 남자에게 외쳤다.

"잘 있어요, 주인님. 북을 만들 가죽이 필요할 때면 저를 기억해주세요." 피노키오는 깔깔 웃으며 계속 헤엄을 치다 잠시 후 뒤를 돌아보며 더 큰 소리로 외쳤다. "잘 있어요, 주인님. 난롯불을 피울 잘 마른 장작이 필요하면 저를 기억해주세요."

피노키오는 순식간에 멀어져 물 위에 떠 있는 까만 점이 되었다. 피노키오는 가끔 기분 좋은 돌고래처럼 물 위로 다리를 쭉 뻗고 재주를 넘었다.

파도에 몸을 맡기고 헤엄을 치던 피노키오는 바다 한가운데서 대리석처럼 하얀 바위를 발견했다. 그 바위 위에서는 어여쁜 새끼 염소가 '매애, 매애' 사랑스럽게 울면서 피노키오를 향해 가까이 오라는 신호를 보냈다.

그런데 이 염소에게는 특이한 점이 있었다. 털이 흰색이

거나, 검은색이거나, 그 두 가지가 섞인 색이 아니라 파란색이었다. 그냥 파란 정도가 아니라 어여쁜 파란 머리 소녀의 머리카락처럼 눈부시게 파랬다.

그 모습을 본 피노키오의 심장이 얼마나 세차게 뛰었던지! 피노키오는 있는 힘을 다해 하얀 바위를 향해 헤엄을 쳤다. 절반쯤 이르렀을 때 갑자기 무시무시한 바다 괴물이 머리를 내밀었다. 괴물은 시커먼 구덩이 같은 입을 크게 벌리고 그림이라고 생각해도 겁이 날 정도로 끔찍해 보이는 송곳니 세 줄을 드러낸 채 피노키오 쪽으로 다가왔다.

그 괴물은 과연 누구였을까?

놈은 앞에서도 여러 번 등장한 거대 상어였다. 뭐든 닥치는 대로 집어삼키며 가는 곳마다 비극을 몰고 다녀서 '물고기와 어부의 마왕'이라는 별명까지 얻은 바로 그 상어 말이다.

불쌍한 피노키오! 괴물을 보고 얼마나 놀랐을까! 피노키오는 방향을 틀어 괴물을 피해 가려 했다. 놈에게서 도망치려 했다. 하지만 상어는 거대한 입을 벌리고 피노키오를 향해 쏜살같이 다가왔다.

"서둘러, 피노키오! 어서!" 어여쁜 새끼 염소가 매애 울며 외쳤다.

피노키오는 두 팔과 가슴과 다리와 발을 필사적으로 움

직였다.

"어서, 피노키오! 괴물이 다가오고 있어!"

피노키오는 젖먹던 힘까지 다해서 전속력으로 헤엄을 쳤다.

"위험해, 피노키오! 괴물이 오고 있어! 저기 있다! 바로 네 뒤에 있어! 어서 피노키오! 이러다 따라잡히겠어!"

피노키오는 있는 힘을 다해 총알처럼 빠르게 헤엄을 쳤다. 바위에 거의 다다랐을 때 염소는 바다로 뛰어들어 피노키오가 물에서 나올 수 있게 앞발을 뻗어주었지만 이미 늦었다. 괴물이 그새 피노키오를 따라잡은 것이다. 놈은 불쌍한 피노키오를 생달걀 마시듯 꿀꺽 삼켜버렸다. 어찌나 난폭하고 게걸스럽게 집어삼켰던지 피노키오는 상어의 몸속에 떨어질 때 몸을 세게 부딪혀 한동안 정신을 잃고 말았다.

다시 정신을 차렸을 때 피노키오는 자기가 어디에 있는지 몰랐다. 주변을 둘러봐도 보이는 것이라고는 칠흑 같은 어둠뿐이었다. 너무 깜깜해서 잉크병에 머리를 집어넣고 있는 것 같았다.

무슨 소리가 들리나 싶어서 가만히 귀를 기울여보았지만 아무런 소리도 들리지 않았다. 가끔 거센 바람만이 얼굴을 때리고 지나갔다. 어디서 오는 바람인가 했더니 괴물의 폐에서 나오는 것이었다. 알고 보니 상어는 천식이 심해서 숨을 쉴 때마다 꼭 북풍이 불어오는 듯했다.

처음에 피노키오는 어떡하든 용기를 내려 했지만, 자신이 바다 괴물의 뱃속에 들어와 있다는 사실이 확실해지자 울부짖기 시작했다.

"살려주세요! 살려주세요! 아이고, 내 팔자야! 나를 도와줄 사람이 아무도 없나요?"

"불행한 아이야, 누가 너를 도울 수 있겠니?"

어둠 속에서 제대로 조율이 되지 않은 기타처럼 찢어지는 목소리가 들려왔다.

"누구세요?" 겁이 나서 가슴이 서늘해지는 것을 느끼며 피노키오가 물었다.

"나야, 너와 함께 상어에게 먹힌 불쌍한 참치야. 너는 무슨 물고기니?"

249

"나는 물고기가 아니야. 나는 꼭두각시야."

"물고기도 아닌데 어쩌다 이 괴물의 배 속으로 들어온 거니?"

"들어온 게 아니라 녀석에게 잡아먹힌 거야. 이렇게 깜깜한데 이제 어떻게 하지?"

"그만 포기하고 상어가 우리를 소화할 때까지 기다릴 수밖에!"

"하지만 나는 소화되기 싫어!" 피노키오가 다시 울먹였다.

"그건 나도 마찬가지야. 하지만 나는 철학적인 참치라 괜찮아. 참치로 태어난 이상 기름에 튀겨져 죽느니 차라리 물에서 죽는 것이 훨씬 품위 있는 일인 것 같아. 그렇게 생각하면 마음이 편해." 참치가 말했다.

"바보 같은 소리!" 피노키오가 말했다.

"물론 내 개인적인 의견일 뿐이야. 정치를 하는 참치들 말대로 모든 의견은 존중받을 가치가 있는 거란다!" 참치가 대답했다.

"어쨌든 나는 여기서 나가고 싶어. 여기서 도망치고 싶다고."

"할 수만 있다면 그렇게 해!"

"우리를 삼킨 이 상어는 몸집이 어마어마하게 크겠지?"

피노키오가 물었다.

"그럼! 꼬리를 빼고도 길이가 1킬로미터는 넘을걸?"

어둠 속에서 참치와 이야기를 나누는데 아득히 먼 곳에서 희미한 불빛 같은 것이 보였다.

"저기 멀리 보이는 작은 불빛은 뭘까?" 피노키오가 말했다.

"우리와 같은 불행을 당한 친구인가 보지. 우리처럼 소화되기만을 기다리고 있나 봐."

"저기로 가봐야겠어. 여기서 빠져나갈 수 있는 법을 가르쳐줄 나이 많은 물고기일지도 모르잖아."

"친애하는 피노키오, 정말 그랬으면 좋겠구나."

"안녕, 참치야."

"안녕, 꼭두각시야. 행운을 빌어."

"우리는 어디서 다시 만나게 될까?"

"그거야 나도 모르지. 우리 끔찍한 생각은 아예 하지 말자."

제35장

상어 배 속에 들어간 피노키오의 눈앞에 나타난 사람은?
궁금하면 다음 이야기를 읽어보자.

피노키오는 마음씨 착한 참치에게 작별인사를 하고 어둠 속을 더듬거리며 앞으로 나아갔다. 멀리서 반짝이는 희미한 빛을 향해 조심스레 한 걸음씩 내디딜 때마다 끈적거리고 미끈거리는 물이 튀었다. 물에서는 코를 찌르는 생선튀김 냄새가 났고 사순절 기간이라도 된 것처럼 사방에 생선 냄새가 진동했다(가톨릭 문화에서 부활절을 앞둔 사순절 기간에는 육식이 금지되어 생선만 먹을 수 있다—옮긴이).

앞으로 갈수록 불빛이 점점 환하고 뚜렷해졌다. 그렇게 한참을 걷다 드디어 불빛이 빛나는 곳에 도착한 피노키오의 눈앞에 누가 나타났는지, 우리 독자들은 맞출 수 있을까?

불빛이 있는 곳에는 음식이 차려진 작은 식탁이 있었고

식탁 위에는 촛불이 든 녹색 수정 유리병이 놓여 있었다. 식탁 앞에는 눈 또는 생크림처럼 머리부터 발끝까지 새하얀 노인이 앉아 있었다. 노인은 작은 물고기를 제대로 씹지도 않고 통째로 꿀꺽 삼키는 중이었다. 어떤 물고기는 입속에서도 도망치려고 파닥거렸다.

피노키오는 상상하지도 못한 광경에 너무 기뻐서 까무러질 지경이었다. 피노키오는 울고도 싶고, 웃고도 싶었다. 할 말이 산더미 같았지만 무슨 말부터 해야 할지 몰라서 우물쭈물 앞뒤가 안 맞고 말도 안 되는 말부터 늘어놓았다.

그러다 기쁨의 함성을 지르면서 두 팔을 활짝 벌리고 노인의 품으로 달려가 목에 매달렸다.

"아, 그리운 아빠! 드디어 아빠를 만났군요! 이제 다시는 아빠와 헤어지지 않을 거예요! 절대로요!"

"내 눈이 잘못됐나?" 노인이 눈을 비비며 말했다.

"정말로 내 사랑하는 아들 피노키오냐?"

"네, 그래요! 저예요, 피노키오예요! 절 용서해 주시는 거죠? 아! 사랑하는 우리 아빠! 아빠는 정말 좋은 분이에요. 그에 비하면 저는……. 제가 무슨 일을 겪었는지 알면 깜짝 놀라실 거예요. 불행이란 불행은 다 겪었어요. 아빠가 저를 학교에 보내려고 외투를 팔아서 알파벳 철자 교본을 사주셨던 날, 저는 꼭두각시 인형극을 보고 싶어서 도망쳤어요. 그런데 인형극 단장이 양고기를 구울 땔감으로 쓰려고 저를 불에 태우려 했어요. 하지만 나중에는 그분이 아빠한테 가져다드리라면서 금화 다섯 닢을 주었죠. 그런데 하필이면 여우와 고양이를 만난 거예요. 녀석들은 저를 빨간 가재 여관으로 데려가 굶주린 늑대처럼 음식을 시켜 먹었어요. 그날 저는 한밤중에 혼자 길을 가다 강도를 만났어요. 강도들은 끈질기게 제 뒤를 쫓아왔어요. 아무리 도망쳐도 지치지 않고 계속 제 뒤를 쫓아왔어요. 놈들은 저를 붙잡아서 커다란 떡갈나무에 목을 매달았어요. 그런 저를 파란 머리의 어여쁜 소녀가 마차에 태워서 집으로 데려왔어요. 제 모습을 본 의사들은 이렇게 말했어요. '죽지 않았다면 아직 살아 있다는 증거입니다.'

순간 저도 모르게 거짓말이 튀어나오는 바람에 코가 침실에서 나가지도 못할 정도로 자라났어요. 그리고는 여우랑 고양이와 함께 금화 네 닢을 묻으러 가기로 한 거죠. 금화 한 닢은 여관에서 써버려서 네 닢밖에 없었거든요. 그러자 앵무새가 저를 비웃었고 금화 2000닢은커녕 한 닢도 못 건졌어요. 금화를 도둑맞았다고 했더니 재판관이 도둑놈들 좋으라고 저를 감옥에 가둬버렸어요. 감옥에서 풀려나긴 했는데 집에 가는 길에 들판에 열린 먹음직스러운 포도송이를 먹으려다 농부가 놓은 덫에 걸렸어요. 농부는 그 벌로 제 목에 개목걸이를 채우고는 닭장을 지키라고 했어요. 하지만 나중에는 제가 아무 짓도 하지 않았다는 것을 알고 저를 풀어주었어요. 그런데 꼬리에서 연기를 내뿜는 뱀이 웃다가 가슴 혈관이 터지는 바람에 죽어버렸지 뭐예요? 그렇게 해서 저는 어여쁜 소녀의 집으로 돌아갔어요. 그런데 막상 가보니 소녀가 죽어버린 거예요. 제가 우는 모습을 본 비둘기가 이렇게 말했어요. '네 아빠를 봤는데 너를 찾겠다면서 조각배를 만들고 있었어.' 그 말을 듣고 제가 말했어요. '아! 나도 너처럼 날개가 있으면 좋을 텐데.'

그러자 비둘기가 말했어요. '나랑 아빠한테 갈래?' 그래서 제가 말했어요. '좋아! 하지만 누가 나를 아빠한테 데려다주지?' 그러자 비둘기가 말했죠. '내가 데려다 줄게.' 그래서 제가 물었어요. '어떻게?' 그러자 비둘기가 말했죠. '내 등에 올라타.'

이렇게 해서 우리는 밤새도록 날아갔어요. 그런데 아침에 바다를 바라보고 있던 어부들이 제게 말했어요. '어떤 불쌍한 남자가 조각배를 타고 바다를 건너다 빠져 죽게 생겼어.' 전 멀리서도 배에 탄 사람이 아빠라는 것을 알아볼 수 있

255

있어요. 마음으로 느낄 수 있었죠. 그래서 아빠한테 바닷가로 돌아오라는 신호를 보냈어요…….”

“나도 너를 알아보았단다. 어떡하든 바닷가로 돌아가려 했는데 파도가 너무 거칠어서 그럴 수 없었어. 그러던 중에 거대한 파도가 몰아치는 바람에 배가 뒤집혔지. 하필 그때 근처에 있던 무시무시한 상어가 내가 물에 빠진 것을 보고 냉큼 달려와 혀를 널름 내밀더니 고기만두 삼키듯 나를 삼켜버린 거야.”

“이곳에 갇힌 지 얼마나 됐나요?” 피노키오가 물었다.

“아마 2년은 지났을걸? 아, 정말이지 2년이 20년 같았지!”

“그동안 어떻게 사셨나요? 촛불이며 성냥은 다 어디에서 난 거죠?”

“다 이야기해주마. 태풍에 조각배가 뒤집힌 날, 근처를 지나던 상선도 물에 가라앉고 말았지. 선원들은 모두 목숨을 건졌지만 배는 가라앉았고 그날따라 식욕이 왕성했던 상어가 나를 삼킨 다음에 배까지 삼켜버린 거야.”

“세상에! 배 한 척을 한입에 삼켰단 말이에요?” 피노키오가 놀라워하면서 물었다.

“한입에 꿀꺽 삼켜버렸어. 나중에 큰 돛대만 뱉어내더구나. 생선 가시처럼 이빨에 끼었거든. 다행히 그 배에는 통조

림 고기와 과자, 구운 빵, 포도주, 건포도, 치즈, 커피, 설탕과 양초와 성냥이 잔뜩 실려 있었단다. 덕분에 2년이나 버틸 수 있었던 거지. 하지만 그마저도 오늘이 마지막이란다. 창고는 텅 비었고 촛불도 이게 마지막이야."

"촛불이 꺼지면 우리는 어떻게 되는 거죠?"

"깜깜한 어둠 속에 남게 되겠지."

"그렇다면 이러고 있을 시간이 없어요. 당장 도망칠 방법을 찾아야 해요." 피노키오가 말했다.

"도망치다니? 어떻게?"

"상어 입을 통해 빠져나가서 바다에 뛰어드는 거죠."

"말은 쉽지만, 이 애비는 헤엄을 못 친단다."

"상관없어요. 제 어깨에 태워드릴게요. 저는 헤엄을 아주 잘 치거든요. 아빠를 무사히 육지로 모셔다드릴게요."

"소용없단다, 애야." 제페토 할아버지가 슬픈 미소를 띤 채 고개를 저으며 말했다.

"1미터도 채 안 되는 꼭두각시가 어떻게 나를 어깨에 태우고 갈 수 있겠니?"

"저를 한번 믿어보세요. 설사 죽을 운명이라도 서로 껴안고 죽을 수 있잖아요?"

피노키오는 말을 멈추고는 촛불을 들고 길을 밝히며 앞장서 걸었다.

"겁내지 마시고 제 뒤만 따라오세요." 피노키오가 제페토 할아버지에게 말했다.

그렇게 둘은 한참을 걸어 상어의 몸과 배를 가로질렀다. 거대한 괴물의 목이 시작되는 지점에 이르러 피노키오와 제페토 할아버지는 주변을 살피고 도망치기 적합한 때를 노리려고 잠시 걸음을 멈췄다.

여기서 알아두어야 할 것이 있으니, 상어는 늙은 데다 천식과 심장병을 앓고 있어서 잘 때 입을 벌리고 자야 했다는 사실이다.

그래서 상어의 목이 시작되는 부분에 이르러 위를 올려다보니 쩍 벌어진 거대한 입 너머로 별이 가득한 하늘과 아름다운 달빛이 보였다.

"지금이에요! 상어는 정신없이 곯아떨어졌고, 바다는 잔잔하고, 달빛은 대낮처럼 환해요. 제 뒤를 따라오세요. 조금만 더 가면 우린 자유의 몸이 될 거예요!"

피노키오와 제페토 할아버지는 바다 괴물의 목구멍을 타고 올라갔다. 그리고 커다란 입에 이르렀을 때 까치발을 하고 조심스레 괴물의 혀 위를 걸어갔다. 혀가 얼마나 길고 넓은지 정원 오솔길을 걷는 것 같았다. 마침내 바다로 뛰어들려는 찰나, 하필이면 상어가 재채기하는 바람에 두 사람은 뒤로 나가떨어져 순식간에 괴물의 배 속에 처박히고 말았다.

그 와중에 촛불이 꺼져서 두 부자는 칠흑 같은 어둠 속에 남겨졌다.

"이제 어쩌죠?" 피노키오가 심각하게 물었다.

"이젠 꼼짝없이 죽게 생겼구나."

"죽다뇨? 제 손을 잡으세요, 아빠. 미끄러지지 않게 조심하시고요."

"어디로 가려는 거니?"

"다시 한번 해봐야죠. 겁내지 말고 저를 따라오세요."

피노키오는 아빠 손을 잡고 다시 까치발로 괴물의 목구멍을 타고 올라 혓바닥을 가로질러 세 줄로 난 이빨을 타고 넘었다.

"제 어깨 위로 올라타고 저를 꽉 붙잡고만 계세요. 나머지는 다 제가 알아서 할게요."

바다에 뛰어들기 전에 피노키오가 말했다.

제페토 할아버지가 아들의 어깨 위에 올라타자, 피노키

오는 힘차게 바다에 뛰어들어 헤엄을 치기 시작했다. 바다는 호수처럼 잔잔하고 달빛은 환하게 빛나는 가운데 상어는 대포 소리에도 깨지 않을 정도로 깊이 잠들어 있었다.

제36장

드디어 피노키오는 꼭두각시가 아니라
진짜 어린이가 된다.

아빠를 등에 업고 바닷가를 향해 빠르게 헤엄치던 피노키오
는 아빠가 심하게 떠는 것을 알아챘다. 제페토 할아버지는
다리가 반쯤 물에 잠긴 채 말라리아에 걸린 사람처럼 온몸을
바들바들 떨고 있었다.

추워서였을까, 무서워서였을까? 알 수 없었다.

어쩌면 춥기도 하고 무섭기도 했을 것이다. 피노키오는
아빠가 무서워서 그러는 줄 알고 용기를 주려 했다.

"힘내세요, 아빠! 조금만 더 가면 육지가 나올 거예요.
거기까지만 가면 살 수 있어요."

"대체 그 육지가 어디에 있단 말이냐?" 제페토 할아버지
가 불안해하면서 바늘에 실을 꿸 때처럼 눈을 가늘게 떴다.

"사방을 둘러보아도 보이는 것이라고는 하늘과 바다뿐인데."

"저는 육지가 보여요." 피노키오가 말했다.

"모르셨나 본데 저는 고양이처럼 낮보다 밤에 더 잘 보거든요." 불쌍한 피노키오는 짐짓 명랑한 척했지만, 사실은 그렇지 않았다.

피노키오도 점점 자신을 잃고 있었다. 힘이 빠지면서 호흡이 가쁘고 거칠어졌다. 힘들어서 죽을 것 같은데 육지는 아직 보일 기미가 없었다.

온 힘을 다해 헤엄을 치던 피노키오가 갑자기 아빠를 바라보며 겨우 말했다.

"아빠, 살려주세요! 저 죽어요!"

피노키오와 제페토가 막 물에 가라앉으려는데 어디선가 음이 맞지 않는 기타 소리 같은 목소리가 들려왔다.

"누가 죽는다는 거야?"

"나랑 불쌍한 우리 아빠가!"

"가만, 어디서 많이 들어본 목소리인데! 너 피노키오구나!"

"맞아. 너는 누구니?"

"나야 나, 참치. 상어 몸에 함께 갇혔던 감옥 친구 말이야."

"너는 어떻게 도망쳤니?"

"너를 따라 했어. 네가 도망친 후에 네가 한 대로 따라 했어."

"얘, 참치야. 마침 잘 만났다. 새끼들을 사랑하는 마음으로 우리를 좀 도와주렴. 네가 도와주지 않으면 우리는 죽은 목숨이야."

"도와주고말고. 둘 다 내 꼬리를 붙잡고 가만히 있어. 몇 분 안에 바닷가까지 데려다줄게."

제페토 할아버지와 피노키오는 당연히 참치의 친절을

받아들였다. 꼬리에 매달리는 것보다는 등에 타는 것이 더 편할 것 같아서 아예 참치의 등에 올라탔다.

"너무 무겁지 않니?" 피노키오가 물었다.

"무겁냐고? 전혀. 깃털처럼 가벼운걸?"

실제로 참치는 몸집이 두 살 먹은 송아지처럼 크고 튼실했다.

바닷가에 이르러 피노키오는 먼저 육지에 뛰어내려 아빠가 내려오는 것을 도와주었다.

"친구야, 네가 우리 아빠의 목숨을 구해주었어! 무슨 말로 고마운 마음을 표현해야 할지 모르겠어. 영원한 감사의 표시로 네게 입 맞춰줄게."

참치가 물 밖으로 주둥이를 쭉 내밀자 피노키오는 사랑을 담뿍 담아 입을 맞춰주었다. 마음에서 우러나오는 애정 표현에 익숙지 않았던 참치는 너무나 감동했지만, 어린아이처럼 눈물을 보일까 봐 이내 머리를 물속으로 쏙 집어넣고 사라져버렸다.

그새 날이 밝아왔다.

피노키오는 두 발로 제대로 서 있지도 못하는 아빠를 부축해주었다.

"사랑하는 아빠. 제 팔에 기대세요. 개미처럼 천천히 가다가 피곤하면 쉬었다 가요."

"어디를 가려는 거니?"

"빵 한 조각이라도 얻어먹고 깔고 잘 짚을 내어줄 집이나 오두막을 찾아야겠어요."

채 백 걸음도 못가서 길가 버찌나무 아래서 구걸을 하는 거지 둘을 만났는데, 다름 아닌 고양이와 여우였다. 둘은 알아보기 힘들 정도로 망가져 있었다. 고양이는 하도 눈이 보이지 않는 흉내를 내다 정말로 눈이 멀었고, 여우는 그새 폭삭 늙은 데다 몰골도 험했고 꼬리마저 잃었다. 못된 도둑 여우가 가난에 못 이겨 꼬리로 파리채를 만들겠다는 떠돌이 상인에게 탐스러운 꼬리를 팔아치웠기 때문이다.

"아니, 이게 누구야! 피노키오잖아?"

"불쌍한 두 병자에게 자비를 베풀렴." 여우가 울먹이며 말했다.

"두 병자에게!" 고양이가 말했다.

"잘 있어, 이 사기꾼들아! 한 번 속지 두 번 속냐?" 피노키오가 말했다.

"믿어줘, 피노키오. 지금 우리는 정말 가난하고 비참해!"

"비참해!" 고양이가 따라 했다.

"그래도 싸지. '훔친 돈은 결코 열매를 맺지 않는다.' 이 말을 똑똑히 기억해둬. 잘 있어, 이 거짓말쟁이들아!"

"우리를 불쌍히 여기렴!"

"불쌍히 여기렴!" 고양이가 따라 했다.

"잘 있어, 이 사기꾼들아! '쉽게 번 돈은 쉽게 없어지는 법이야.' 이 말을 잘 기억해둬!"

"우리를 버리지 마!"

"버리지 마!" 고양이가 따라 했다.

"잘 있어, 이 악당들아! '되로 주고 말로 받는다.' 이 말을 똑똑히 기억해둬."

그렇게 말한 후 피노키오와 제페토 할아버지는 평안한 마음으로 갈 길을 갔다.

다시 백 걸음쯤 가자 들판에 난 오솔길 끝에 집이 나타났다. 벽돌을 얹은 기와지붕에 짚으로 만든 조그맣고 예쁜 집이었다.

"저 집에 누군가 살고 있을 거예요. 어서 가서 문을 두드려봐요."

둘은 오두막 현관을 두드렸다.

"누구세요?" 안에서 가냘픈 소리가 물었다.

"집도 절도 없는 불쌍한 아버지와 아들이랍니다." 피노키오가 말했다.

"열쇠를 돌리면 문이 열릴 거예요." 조금 전의 목소리가 말했다.

피노키오가 열쇠를 돌리자 곧바로 문이 열렸다. 그런데

집 안에 들어가 사방을 둘러보아도 아무도 없었다.

"집주인은 어디에 있는 걸까요?" 피노키오가 어리둥절한 목소리로 물었다.

"여기 위에 있어."

제페토 할아버지와 피노키오가 고개를 들고 천장을 올려다보니 작은 들보에 말하는 귀뚜라미가 앉아 있었다.

"사랑스런 말하는 귀뚜라미야!" 피노키오가 반갑게 인사했다.

"집에서 나가라고 망치를 던질 때는 언제고 이제 와서 사랑스럽다고?"

"네 말이 맞아. 원하면 나를 내쫓아도 좋아. 내게 망치를 던져도 좋아. 하지만 우리 아빠만은 불쌍히 여겨줘."

"아빠뿐 아니라 너도 불쌍히 여겨줄 거야. 네게 어떤 수모를 당했는지 다시 말한 건 언제나 친절을 베풀어야 한다는 사실을 알려주기 위해서야. 친절을 베풀어야 친절을 돌려받을 수 있는 거니까."

"네 말이 맞아, 귀뚜라미야. 네 말을 잊지 않을게. 그런데 어떻게 이렇게 예쁜 집을 장만했니?"

"이 집은 눈부시게 파란 털을 가진 어여쁜 염소가 어제 내게 선물한 거야."

"염소는 어디로 갔니?" 피노키오가 궁금해져서 물었다.

"그건 나도 몰라."

"언제 다시 오는데?"

"아마 다시는 돌아오지 않을 거야. 어제 구슬프게 울면서 떠나버렸어. 마치 '불쌍한 피노키오, 이제 다시는 너를 못 만나겠지. 지금쯤이면 상어에게 잡아먹혔을 테니까'라고 하는 것 같았어."

"정말이니? 정말로 염소가 그렇게 말했어? 아! 그 염소는 요정님이었구나! 사랑하는 요정님이었어!" 피노키오가 눈물을 펑펑 쏟으며 울부짖었다.

한참을 울고 난 후 피노키오는 눈물을 닦고 짚으로 침대를 만들어 제페토 노인을 눕혔다.

"말해봐, 귀뚜라미야. 불쌍한 아빠께 우유를 드리고 싶은데 어디서 구할 수 있을까?"

"여기서 밭을 세 마지기 지나면 잔조라는 농부가 사는데 그 사람이 소도 키워. 거기 가면 우유를 구할 수 있을 거야."

피노키오는 쏜살같이 잔조네 밭으로 달려갔다. 과수원 주인인 농부 잔조가 물었다.

"우유가 얼마나 필요하니?"

"한 컵 가득이요."

"우유 한 컵에 동전 한 닢이니까 먼저 돈부터 주렴."

"하지만 제겐 돈이 한 푼도 없는걸요." 풀이 죽은 피노키오가 슬퍼하며 말했다.

"거참 안됐구나, 꼭두각시야." 잔조가 말했다.

"돈이 한 푼도 없다면 나도 우유를 한 방울도 줄 수 없
단다."

"할 수 없죠."

"잠깐만!" 체념하고 떠나려는 피노키오에게 그가 말했
다. "그럼 우리 이렇게 하자. 너 양수기를 한번 돌려보지 않
을래?"

"양수기가 뭔데요?"

"밭에 줄 물을 저수지에서 끌어 올리는 데 쓰는, 나무로
만든 기구란다."

"한번 해볼게요."

"물 100양동이만 길어주면 우유를 한 컵 주마."

"좋아요."

잔조는 피노키오를 과수원으로 데리고 가서 신기한 양수기 돌리는 법을 가르쳐주었다. 피노키오는 바로 일을 시작했다. 하지만 물 100양동이를 다 퍼 올리기도 전에 머리부터 발끝까지 땀범벅이 되었다. 그렇게 힘든 일은 평생 처음이었다.

"지금까지는 당나귀가 양수기를 돌렸는데, 다 죽어간단다." 농부가 말했다.

"당나귀 좀 봐도 될까요?" 피노키오가 물었다.

"물론이지."

마구간에 들어가보니 굶주림과 피로에 지친 당나귀 한 마리가 짚 위에 쓰러져 있었다. 한참을 당나귀를 뜯어보던 피노키오는 당황해서 중얼거렸다.

"어디서 많이 본 당나귀 같은데. 낯이 익어."

피노키오는 당나귀를 향해 허리를 굽히고 당나귀 말로 물었다.

"넌 누구니?"

그 말에 당나귀는 다 죽어가는 눈을 뜨더니 당나귀 말로 대답했다.

"나는 램… 프… 심… 지… 야."

이 말을 마지막으로 당나귀는 다시는 눈을 뜨지 못하고

숨을 거뒀다.

"아! 불쌍한 램프 심지!" 피노키오는 나지막이 말한 뒤 짚을 한 움큼 쥐어 뺨을 타고 흐르는 눈물을 닦았다.

"잘 알지도 못하는 당나귀를 위해 왜 그렇게 슬퍼하는 거니? 네가 그 정도면 녀석을 돈 주고 산 나는 어떻겠니?"

"사실은요, 저 당나귀는 제 친구였어요."

"친구라고?"

"학교 친구였어요."

"말도 안 되는 소리!" 잔조가 큰소리로 웃음을 터뜨리며 말했다.

"학교 친구 중에 당나귀가 있었다니. 학교 분위기 한번 좋았겠구나."

피노키오는 농부의 말에 속이 상했지만 별다른 말을 하지 않고 아직 온기가 남아 있는 우유 컵을 들고 오두막으로 돌아갔다.

그날부터 피노키오는 다섯 달 넘게 매일 동트기 전에 일어나 물을 길어 병약한 아빠의 몸에 좋은 우유를 받아 왔다.

그뿐만이 아니었다. 남는 시간에 갈대로 바구니며 광주리 만드는 법을 배워서, 바구니를 판 얼마 안 되는 돈을 절약해 날마다 쓸 물건을 샀다. 직접 멋진 손수레를 만들어 날씨가 좋을 때면 아빠를 태우고 바람을 쐬러 가기도 했다.

밤이면 잠을 자지 않고 글공부를 했다. 이웃 마을에서 몇 푼 안 되는 돈을 주고 표지와 차례가 찢어져 나간 두꺼운 책을 사서 읽기 연습을 했다.

쓰기 연습을 할 때는 나뭇가지를 날카롭게 깎아서 연필 대신 사용했다. 잉크병도 잉크도 없어서 작은 병에 담은 오디와 버찌 즙에 나뭇가지를 적셔서 글씨를 썼다.

하루하루 열심히 일하고 노력한 덕분에 피노키오는 병든 아버지를 편안히 돌볼 수 있었을 뿐 아니라 따로 새 옷을 살 동전 40닢도 모을 수 있었다.

어느 날 아침 피노키오가 아빠에게 말했다.

"새 옷옷과 모자와 신발을 사러 근처 시장에 다녀올게요. 신사처럼 멋지게 차려입고 돌아오면 저를 못 알아보실 거예요." 피노키오가 웃으며 말했다.

집을 나선 피노키오는 즐겁고 명랑하게 뛰어가기 시작했다. 그때 누가 피노키오를 불렀다. 고개를 돌려보니 귀여운 달팽이가 수풀 밖으로 기어 나왔다.

"내가 누군지 모르겠니?" 달팽이가 말했다.

"글쎄. 알 것도 같고, 모를 것도 같고……."

"파란 머리 요정님 집에서 하인 노릇을 하던 달팽이야. 생각 안 나니? 내가 램프를 가지고 계단을 내려갔잖아. 그때 너는 발이 문에 끼여 있었고."

"기억나고말고!" 피노키오가 외쳤다.

"말해줘, 달팽이야. 마음씨 고운 우리 요정님은 지금 어디에 있니? 나를 용서해주셨니? 항상 내 이야기를 하시니? 아직도 나를 사랑하실까? 여기서 먼 곳에 계시니? 요정님을 만날 수 있을까?"

피노키오는 숨 한 번 안 쉬고 질문을 퍼부었지만, 달팽이는 언제나처럼 침착하게 대답했다.

"피노키오야. 불쌍한 요정님은 병원에 입원해계셔."

"병원이라니?"

"불행히도 안 좋은 일을 너무 많이 겪어서 중한 병에 걸렸거든. 지금은 빵 한 조각 살 돈도 없어."

"정말이니? 아! 마음 아파라! 불쌍한 요정님. 불쌍한 우리 요정님! 내가 부자라면 당장 요정님께 돈을 드릴 텐데. 하지만 내 수중에는 동전 40닢밖에 없어. 자, 여기 있어. 새 옷을 살 돈이지만 네게 줄 테니 어서 착한 요정님께 가져다드려줘."

"그럼 네 새 옷은?"

"새 옷이 뭐가 중요해? 요정님을 도울 수만 있다면 지금

걸치고 있는 누더기라도 기꺼이 팔 거야. 어서 가봐, 달팽이야. 어서. 이틀 후에 여기서 만나자. 그때까지 몇 푼이나마 더 마련할 수 있을 거야. 오늘부터 착한 엄마를 위해 하루에 다섯 시간 더 일해야겠어. 안녕, 달팽이야. 이틀 뒤에 여기서 만나자."

달팽이는 평소와는 달리 8월 한여름의 뙤약볕을 피해 도망치는 도마뱀처럼 날쌔게 달려갔다.

"새 옷은 어디 있니?" 집으로 돌아온 피노키오에게 아빠가 물었다.

"마음에 드는 옷이 없었어요. 어쩔 수 없죠! 다음에 살게요."

그날 저녁 피노키오는 평상시처럼 10시에 잠자리에 들지 않고 자정까지 일해서 평상시 여덟 개 만들던 갈대 바구니를 열여섯 개나 만들었다.

그날 밤 잠든 피노키오의 꿈속에 요정이 나타났다. 아름다운 요정은 환한 미소를 지으며 피노키오에게 입 맞춰준 뒤 이렇게 말했다.

"장하구나, 피노키오! 네 착한 마음을 생각해서 지금까지의 모든 말썽을 용서해줄게. 병들고 가난한 부모님을 정성껏 보살피는 아이들은 사랑받고 칭찬받아 마땅하단다. 비록 항상 착하고 말 잘 듣는 모범적인 아이가 아니었어도 말이야. 앞으로도 올바르게 행동하렴. 그러면 너는 언제나 행복할 거야."

그 순간 피노키오는 꿈에서 깨어나 눈을 번쩍 떴다.

잠에서 깨어난 피노키오가 자신이 더는 나무 인형이 아니라는 사실을 깨달았을 때 얼마나 놀랐을까. 피노키오는 여느 아이들과 다를 바 없는 진짜 아이가 되어 있었다.

주위를 둘러보니 짚으로 만든 오두막이 어느새 가구가 제대로 갖추어져 있고 소박하지만 우아하게 꾸민 방으로 바뀌어 있었다. 침대 아래에는 새 옷과 새 모자와 가죽 장화까지 준비되어 있었다. 입어보니 맞춤옷처럼 피노키오에게 딱 맞았다.

옷을 입고 무심결에 주머니에 손을 넣어보니 상아로 만든 작은 동전 지갑이 있었다. 지갑에는 이렇게 쓰여 있었다.

파란 머리 요정이 사랑하는 피노키오에게 고마운 마음을 담아 동전 40개를 돌려줍니다.

지갑을 열어보니 그냥 동전이 아니라 새로 만든 반짝이는 금화 40닢이 들어있었다. 거울을 본 피노키오는 순간 자기 모습을 못 알아봤다. 거울 속에는 예전의 나무 인형은 온데간데없이 영리하고 똑똑해 보이는 잘생긴 남자아이가 있었다. 밤색 머리에 푸른 눈동자를 가진, 부활절 장미꽃처럼 싱싱하고 명랑해 보이는 아이였다.

연달아 일어나는 놀라운 일에 피노키오는 꿈인지 생시인지 구별이 안 되었다.

그러다 갑자기 불현듯 외쳤다.

"그러고 보니 아빠는 어디 계시지?"

옆 방에 가보니 예전처럼 밝고 건강한 모습의 아빠가 있었다. 제페토 할아버지는 예전처럼 작업 중이었다. 나뭇잎과 꽃이 무성하고 여러 가지 동물을 새긴 아름다운 나무 액자를 만들고 있었다.

"말해주세요, 아빠! 어떻게 이렇게 갑자기 모든 것이 변하게 된 거죠?" 피노키오가 아빠의 목을 끌어안고 입맞춤을 퍼부으며 물었다.

"우리 집이 이렇게 변한 건 다 네 덕분이란다." 제페토 할아버지가 말했다.

"제 덕분이라뇨?"

"나쁜 아이가 착한 아이가 되면 가정에 변화와 웃음을 가져오는 법이거든."

"예전의 나무 인형은 어디로 가버린 걸까요?"

"저기 있단다."

제페토 할아버지가 의자에 기대어놓은 커다란 꼭두각시

를 가리키며 말했다. 인형은 고개를 돌린 채 푹 수그리고 있었다. 팔을 축 늘어뜨리고 다리를 꼰 모습이 가만히 서 있는 것조차 힘겨워 보였다.

피노키오는 뒤돌아 잠시 인형을 바라보다 만족스럽게 말했다.

"꼭두각시였을 때 내 모습은 정말 우스꽝스러웠구나. 착한 아이가 돼서 얼마나 다행인지 몰라!"

· 부록 ·

작가 소개

이름   카를로 콜로디Carlo Collodi

출생일   1826년 11월 24일

사망일   1890년 10월 26일

국적   이탈리아

거주지   피렌체

카를로 콜로디는 어떤 사람이었을까?

본명은 카를로 로렌치니Carlo Lorenzini로, 카를로 콜로디는 필명이다. 콜로디라는 이름은 그가 어린 시절을 보낸 마을이자 어머니의 고향인 '콜로디 마을'에서 따온 것이다. 콜로디는 『피노키오』를 쓴 아동문학 작가로 가장 잘 알려졌지만, 공무원이자 언론인이었고 정치·문화 간행물에 활발한 견해를 펼치는 비평가이기도 했다. 콜로디는 당시 외국의 통치 아래 있던 이탈리아의 해방과 독립을 열렬히 지지했고, 사회적 약자와 빈곤한 이들에게 무관심한 지도자들을 질책하거나 독립운동 탄압을 비판하는 많은 글을 기고했다. 콜로디는 40대에 들어선 1870년대 후반부터 아동문학 작품 집필을 시작했으며, 1881년 어린이 잡지에 『피노키오』를 연재했다.

  1890년 『피노키오』의 속편을 집필하던 콜로디는 63세의 나이로 돌연 세상을 떠났다. 1892년 『피노키오』의 영문 번역본이 출간되어 그가 세계적인 명성을 얻기 2년 전이었다. 콜로디의 묘지는 피렌체 근처에 마련되었다.

카를로 콜로디의 어린 시절은 어땠을까?

콜로디는 장남으로 태어났다. 그에게는 열 명의 형제자매가 있었지만 그중 일곱 명은 어린 나이에 사망했다. 어릴 때는 외할머니와 함께 살았고 콜로디 마을에 있는 초등학교에 다녔다. 이후 신학교에 진학했지만, 사제가 되기를 원하지 않았기에 피렌체에 있는 다른 학교로 옮겨 공부를 이어갔다. 10대 후반 콜로디는 피렌체의 한 서점에 근무하며 어느 저명한 편집자를 돕는 일을 하기도 했다.

카를로 콜로디는 책을 쓰는 것 외에 어떤 일을 했을까?

콜로디는 이탈리아 독립과 통일의 열정적인 지지자였다. 그는 1848년과 1860년 토스카나 대공국의 지원병으로 1차, 2차 이탈리아 독립전쟁에 모두 참전했다.

1853년 콜로디는 '어둠을 밝히는 밝은 빛과 같은' 신문을 만들겠다는 취지 아래 직접 독립신문 《일 람피오네Il Lampione(이탈리아어로 가로등을 뜻한다)》를 창간했다. 그러나 토스카나 공작의 검열로 얼마 되지 않아 발행을 멈춰야 했다. 콜로디는 굴하지 않고 1854년 두 번째 독립신문 《로 스카라무치아Lo sacramuccia》를 다시 창간했다. 그는 이 정기 간행물에 자신의 정치적 사상을 담은 희곡과 풍자글을 연재하기 시작했고 이때부터 콜로디라는 필명을 사용했다.

카를로 콜로디는 어디에서 피노키오에 관한 아이디어를 얻었을까?

콜로디는 1870년대에 프랑스 아동문학 작품을 이탈리아어로 옮기는 일을 했다. 1875년에는 『장화 신은 고양이』나 『잠자는 숲속의 공주』를 쓴 샤를 페로Charles Perrault의 작품을 번역하기도 했다. 정치 간행물에

풍자글을 쓰던 콜로디가 아동문학 작품을 쓰게 된 것은 동화 번역을 시작하면서였다. "옛날 옛적에⋯⋯."라는 문장으로 시작하는 『피노키오』는 전통적인 동화처럼 보이지만, 공주도 왕자도 기사도 등장하지 않는 이 작품에는 사실 이탈리아 통일 이후 급격한 변화가 불러온 사회 문제와 빈곤 등이 비유적으로 그려져 있다. 콜로디는 동화의 형식을 빌려 당시 사회상을 담은 글을 썼다고도 볼 수 있다.

피노키오가 처음 출간되었을 때 사람들의 반응은 어땠을까?

『피노키오』는 1881년 이탈리아 어린이 잡지에 연재되다가 1883년 책으로 출간되었다. 잡지에는 총 15장 분량으로 연재되었는데, 피노키오가 사람이 되지 못한 채 나무에 매달려 죽는 결말로 끝이 났다. 그러나 피노키오를 계속 보고 싶다는 어린 독자들의 요청이 쇄도하자 콜로디는 2년에 걸쳐 이야기를 더 쓴다. 그리하여 우리가 현재 알고 있는 『피노키오』가 탄생했다. 1940년에는 디즈니 애니메이션 영화로 제작되었으며 이후로도 여러 차례 영화화되었다. 300여 개 언어로 번역된 『피노키오』는 전 세계에서 8000만 부 이상 팔리며 세기의 베스트셀러로 자리 잡았다.

카를로 콜로디는 또 어떤 책을 썼을까?

콜로디의 또 다른 문학 작품으로는 『잔네티노Giannettino』, 『미누촐로 Minuzzolo』 등이 있다.

등장인물

피노키오

나무로 만든 꼭두각시 인형. 장난과 모험을 좋아하고 말썽도 많이 피우지만, 착한 마음을 갖고 있으며 사람이 되고 싶어한다. 매번 유혹에 쉽게 넘어가 여우와 고양이의 꾐에 빠지고 당나귀로 변하기도 하지만, 상어 배 속에서 아빠를 구하고 책임감 있게 행동하는 자세를 배운 뒤 진짜 어린이가 된다.

제페토 할아버지

피노키오를 만든 피노키오의 아빠. 가난하지만 피노키오에게 가진 모든 것을 내어준다. 말썽부리는 피노키오로 인해 온갖 고생을 겪는다.

버찌 할아버지

코가 버찌처럼 검붉고 반질반질해서 버찌 할아버지라고 불린다. 말하는 나무토막을 발견해 제페토 할아버지에게 선물한다.

말하는 귀뚜라미

백 살도 넘은 귀뚜라미로, 피노키오가 속임수에 넘어갈 때나 말썽을 부릴 때마다 나타나 충고를 해준다.

아를레키노와 풀치넬라

피노키오와 같은 꼭두각시 인형. 인형극에서 공연을 하던 중 피노키오를 만난다.

인형극 단장 허풍선이

무시무시한 생김새와 달리 측은지심이 있다. 인형극을 방해한 피노키오를 장작으로 쓰려다 피노키오가 착한 아이라는 걸 알고 용서한 뒤 금화 다섯 닢을 선물한다.

여우와 고양이

피노키오를 속여 금화 다섯 닢을 뺏으려고 한다. 여우는 한쪽 다리를 절룩거리는 행세를 하고 고양이는 앞을 보지 못하는 행세를 한다.

파란 머리 요정

숲에 사는 요정으로 죽음의 위기에서 피노키오를 구해주고 보살펴 준다. 피노키오의 엄마가 되어 사람이 되는 방법을 가르쳐준다.

원숭이 재판관

금테 안경을 쓰고 있어서 모두에게 존경을 받는다. 금화를 도둑맞 았다는 죄로 피노키오를 감옥에 보낸다.

상어

제페토 할아버지를 통째로 삼킨 커다란 상어. 제페토 할아버지는 2년 동안 이 상어의 배 속에 갇힌다.

에우제니오

피노키오의 친구. 피노키오와 함께 상어를 보러갔다가 다른 친구가 던진 책에 머리를 맞아 기절한다.

알리도르

수영을 못하는 커다란 마스티프종 경찰견. 바다에 빠졌을 때 피노 키오가 구해준 은혜를 잊지 않고, 피노키오가 위기에 처했을 때 나 타나 돕는다.

램프 심지

피노키오가 가장 좋아하는 말썽꾸러기 친구. '장난감 나라'에 함께 가자고 피노키오를 설득한다.

땅딸보 마부

마차를 끌고 이곳저곳을 돌아다니며 아이들을 달콤한 말로 꾀어 '장난감 나라'로 데리고 간다. 아이들이 당나귀로 변하면 시장에 내다 판다.

참치

참치로 태어난 이상 기름에 튀겨져 죽느니 차라리 물에서 죽는 것이 품위 있는 일이라고 생각하는 철학적인 참치. 제페토 할아버지를 삼킨 상어 배 속에서 피노키오와 만난다.

옮긴이 김지우

이탈리아에서 어린 시절을 보냈고 한국외국어대학교 이탈리아어과를 졸업했다. 동 대학교 국제지역대학원에서 유럽연합지역학으로 석사학위를 받은 후 현재 이탈리아 대사관에서 근무하고 있다. '나폴리 4부작'과 '나쁜 사랑 3부작'을 비롯한 엘레나 페란테의 작품들 외에 『기후 위기 안내서』, 『알프스 늑대 루피넬라 이야기』, 『히틀러의 음식을 먹는 여자들』, 『고양이처럼 행-복』, 『우리는 모두 그레타』 등을 번역했다.

걸 클래식 ✦ 환상 컬렉션

피노키오

펴낸날 초판 1쇄 2021년 9월 10일

지은이 카를로 콜로디

옮긴이 김지우

펴낸이 이주애, 홍영완

편집2팀 최혜리, 오경은, 홍은비, 장종철

편집 양혜영, 유승재, 박주혜, 문주영, 김애리, 홍상현

마케팅 김미소, 김태윤, 박진희, 김슬기

디자인 박아형, 김주연, 기조숙, 윤신혜

해외기획 정미현

경영지원 박소현

펴낸곳 (주)윌북 **출판등록** 제2006-000017호 **주소** 10881 경기도 파주시 회동길 337-20

전자우편 willbooks@naver.com **전화** 031-955-3777 **팩스** 031-955-3778

블로그 blog.naver.com/willbooks **포스트** post.naver.com/willbooks

페이스북 @willbooks **트위터** @onwillbooks **인스타그램** @willbooks_pub

ISBN 979-11-5581-391-1 04880
 　　　979-11-5581-390-4 04800(세트)

- 책값은 뒤표지에 있습니다.
- 잘못 만들어진 책은 구입하신 서점에서 바꿔드립니다.

The Girl Classic

·

환상 컬렉션

피노키오 카를로 콜로디 지음 | 김재용 옮김

피터 팬 제임스 매슈 배리 지음 | 최예정 옮김

오즈의 마법사 라이먼 프랭크 바움 지음 | 김은하 옮김